ALEXANDRA
CORDES

Der Sehnsucht andere Seite

AC

ALEXANDRA CORDES

Der Sehnsucht andere Seite

Roman

Alexandra Cordes Edition
Schneekluth

Sonderausgabe des
Schneekluth Verlages, München
Schneekluth, ein Verlagsimprint der Weltbild Verlag GmbH, Augsburg

Einbandgestaltung und Aquarell: Andrea Schmidt
Gesamtherstellung: Presse-Druck Augsburg
Printed in Germany 1997
ISBN 3-7951-1448-9

1

Der Regen verdichtete die Schwärze der Nacht, das Licht der Scheinwerfer schien davon abzuprallen wie von einer stabilen Wand.

Die Straße wand sich in engen Kurven den Rodderberg hinab, unübersichtlich, glatt.

Stefan Leandros spürte, wie angespannt Maiyong neben ihm saß. Sie haßte den Regen, sie haßte Nächte, die kalt und düster waren wie diese.

Er nahm die Rechte vom Lenkrad, legte sie auf Maiyongs Knie. Sie war so zart, so schmal, seine Hand bedeckte ihre beiden Knie unter der weichen Goldseide des Sarongs.

»Müde?« fragte er.

»Ein bißchen«, sagte sie in dem sanften Singsangton ihres Deutsches. »Aber wir sind ja bald zu Hause.«

»Wir hätten gar nicht zu der Party gehen sollen. Es war bestimmt zu anstrengend für dich.«

»Nein. Es war ja so wichtig für dich«, widersprach sie eifrig, »es war doch dir zu Ehren. Und unser Sohn war heute abend ganz brav. – Fühl nur.«

Er legte seine Hand auf die warme Wölbung

ihres Leibes. In zwei Monaten, dachte er, in zwei Monaten werden wir einen Sohn haben.

»Freust du dich?« fragte Maiyong und lehnte ihren Kopf an seinen Arm, er roch den Duft ihres lackschwarzen Haares, fremd wie die Blumen ihres Landes, bitter und süß, jung und doch geheimnisvoll.

»Warum lachst du?« fragte sie.

»Ich liebe dich«, sagte er, legte den Arm um sie und zog sie näher zu sich heran.

»Aber darüber darfst du nicht lachen –«

Nein, er hätte nicht lachen dürfen. Mein Gott, hätte er doch nicht gelacht und Maiyong nicht in den Arm genommen.

Denn im selben Moment spürte er, wie der Wagen wegrutschte, schwamm. Er sah Lehm auf der Straße im Kreidelicht der Scheinwerfer, aufgeweicht, gelber Schleim.

Er sah die Kurve, die auf sie zukam, eng, viel zu eng.

Fuß vom Gaspedal, auf die Bremse – immer noch zu schnell, viel zu schnell. Die Bremsen faßten nicht.

Der Wagen raste in die abschüssige Kurve, schlingerte unter Leandros' vergeblichem Versuch, abzubremsen, das Steuer herumzureißen.

Bäume, naßglitzernde Rinde, ein Stück Leitplanke, Metall knirschte auf Metall.

Aber der Wagen schoß auf die Bäume zu –

nichts konnte Stefan Leandros mehr tun, gar nichts.

Dann der Aufprall – und weißglühender Schmerz schoß durch seine Arme in seine Brust.

»Maiyong«, schrie er, hörte seinen eigenen Schrei. »Maiyong!« Und dann gar nichts mehr.

Wie lange er besinnungslos gewesen war, das wußte er nicht.

Kreisende Sterne und rasende Fahrt in einen Abgrund.

Schwärze um ihn, Nässe auf seinem Gesicht.

Nässe des Regens, das erkannte er.

Und dann etwas Warmes und Klebriges in seiner Hand, er versuchte vergeblich den Arm zu bewegen, drehte das Gesicht, roch Blut.

Meine Hände. Was tut ein Pianist ohne Hände. Lodernde Angst.

Nein, es war nur die Linke, die Rechte konnte er bewegen. Er stützte sich auf den rechten Arm, hob den Kopf, sah die Rücklichter eines Wagens, rotglühend, schräg verkantet in der Dunkelheit.

Mein Wagen?

Und dann: Maiyong!

Was ist mit Maiyong!

Er richtete sich auf, kam hoch, stand. Schwankte, spürte seinen Herzschlag bis in den

Mund. Und jetzt auch Schmerzen, brennende, jagende Schmerzen in seiner Brust.

Dennoch – er konnte gehen, ging auf den Wagen zu, sah Maiyong nicht weit davon liegen, eine kleine helle Gestalt in ihrem Goldsarong. Reglos.

»Maiyong!« Er kniete neben ihr nieder, sah in ihr Gesicht.

Ihre Augen waren weit offen.

»Maiyong«, flüsterte er, vergaß seine verletzte linke Hand, nahm ihr Gesicht in beide Hände.

»Ruf einen Arzt«, sie sagte es ganz klar, ganz deutlich, »die Geburt hat begonnen.«

Und er sah, wie ihr Körper sich aufbäumte, gegen die Wehen preßte, dann zurücksank.

Er riß sich das Smokingjackett herunter, breitete es über sie, aus dem Wagen, der halb über dem Abhang hing, holte er ihr Nerzcape.

»Ruf einen Arzt«, wiederholte Maiyong.

Wo? Weit und breit kein Haus, kein Licht, nichts.

Und er durfte sie auch nicht allein lassen.

»Geh. Schnell«, flüsterte sie drängend.

Er lief auf die Straße zurück, die Kurve hinab, sah weit, weit unten ein blaues Neonzeichen.

Er rannte darauf zu, es wollte und wollte nicht näher kommen.

Er sah, daß es leuchtete an einem kleinen weißgetünchten Haus, halb im Berg, brannte – las seinen Namen: ›Godesbergschenke‹.

Auf Händen und Füßen kroch er einen steilen, steinigen Fußpfad hinauf.

Fiel gegen eine Tür, stolperte in einen Schankraum.

Blauer Dunst und rote Gesichter.

»Ein Unfall, in der Kurve«, keuchte er, »meine Frau – ist verletzt. Die Geburt hat eingesetzt. Einen Arzt, eine Ambulanz. Schnell.«

Dann brach Stefan Leandros zusammen.

Es regnete, wie so oft in diesem Herbst. Naß und schwarz glänzte der Asphalt der Klinikeinfahrt. Die Laternen, altmodisch, der Jahrhundertwende angehörend – Professor Ehrwald hatte sich nie dazu entschließen können, sie gegen moderne Neonleuchten einzutauschen –, trugen dichte Dunsthauben. Die Birken entlang der Parkgitter schwankten unter böigem Wind.

Renate Ehrwald zog unwillkürlich fröstelnd die Jacke ihres grauen Twinsets enger um sich. Sie wandte sich vom Fenster ab, griff nach den Zigaretten auf dem Schreibtisch, zündete sich eine an.

Sie blätterte noch einmal prüfend die Liquidationen durch, schob sie dann in die blaue Saffianmappe, die ihr Vater jeden Morgen nach der Visite vorgelegt bekam.

Sie zog die Haube über die Schreibmaschine, ordnete mit wenigen gewohnten Handgriffen ihren Schreibtisch. Wieder war ein Tag zu Ende, ein langer Tag, der Tag einer Ärztin. Von der nahen St.-Jacobs-Kirche schlug es elf Uhr.

Renate schaltete das Sprechgerät ein, drückte die Taste, die sie mit dem Zimmer des Oberarztes der Klinik verband.

»Ja?« fragte die stets ruhige, stets ein wenig heisere Stimme Werner Hagens.

»Ich bin fertig mit den Rechnungen«, sagte sie. »Ich glaube, ich fahre nach Hause, Lieber.«

»Ich bin in zwei Minuten bei dir.«

Sie lächelte, als sie das Sprechgerät wieder ausklickte.

Sie trat an den kleinen Kühlschrank, der in der Mahagonibücherwand verborgen war, nahm die halbe Flasche Champagner heraus.

Sie stellte sie auf ein kleines Silbertablett, zwei Kristallschalen dazu.

Auch dies waren gewohnte Handgriffe, die einen Tag wie diesen beendeten, wenn nichts Besonderes in der Klinik los war – sie nach Hause ging und Werner blieb, weil er Dienst hatte.

Ein Glas Champagner, das anregte und doch auch wieder die in ihrem Beruf stets angespannten Nerven beruhigte.

Renate trat noch rasch in die Waschnische, ließ die Tür auf, wusch sich die Hände.

Der Spiegel zeigte ihr ein glattes, noch vom letzten Spanienurlaub gebräuntes Gesicht, große graue Augen, die Wimpern schwarz und dicht und doch nicht getuscht, das glatte ungescheitelte aschblonde Haar, das bis auf die Schultern fiel.

Ein Gesicht, von dem sie mit ihren dreißig Jahren nicht wußte, ob es schön war.

Komisch, dachte Renate, mir hat noch nie ein Mann gesagt, daß ich schön bin.

Auch Werner nicht. Natürlich, Werner ganz bestimmt nicht! Er kennt mich ein Leben lang. Wir sind zusammen aufgewachsen, zur Schule gegangen. Haben zusammen studiert, und in drei Monaten werden wir heiraten. Wenn er mich beschreiben sollte, würde er sich selbst beschreiben. Ich könnte genausogut seine Schwester sein.

»Du starrst seit einer geschlagenen Minute in den Spiegel«, sagte er hinter ihr. »So eitel?«

Sie wandte sich um, küßte ihn rasch auf die Wange, lächelte.

»Wie siehst du mich eigentlich?« fragte sie.

»Wie ich dich sehe?« Seine Augen weiteten sich amüsiert.

»Ja, könntest du mich beschreiben – anderen Leuten, meine ich?«

»Natürlich!« Er lachte. »Du bist blond, hast graue Augen, eine kleine gerade Nase, einen großzügigen Mund und eine wunderschöne Haut. Genügt das?«

»Ich weiß nicht«, sagte sie und wußte es wirklich nicht. »Manchmal denke ich, ich könnte ebensogut deine Schwester sein.«

»Das könntest du nicht«, sagte er langsam und mit einemmal ernsthaft, »nein, das könntest du nicht.«

Er wandte sich ab und machte sich an der Flasche Champagner zu schaffen, ließ den Korken mit einer leichten Drehung seiner Hand herausploppen.

»Bist du ärgerlich?« fragte sie, denn sie sah, daß seine Schultern unter dem weißen Kittel gespannt waren.

»Sollte ich es sein?« Es klang leicht dahingesagt und doch auch nachdenklich.

»Wir kennen uns so lange«, versuchte sie zu erklären, »wir haben uns schon immer gekannt, und manchmal denke ich, es wäre besser gewesen – «

»Was?« fragte er, da sie verstummt war. »Fehlen dir Erfahrungen – mit anderen Männern?«

»Nein, natürlich nicht«, sagte sie schnell. »Ach, ich rede bloß Unsinn. Womöglich ist dieses blöde Wetter daran schuld. Immer nur Regen und nochmals Regen, da sieht eben jeder Tag wie der andere aus.«

»Und jede Nacht?« fragte er. Seine Stimme

wurde noch ein wenig heiserer. »Sind auch alle Nächte gleich, die, in denen du allein bist und die, die wir zusammen verbringen?«

»Gib mir ein Glas Champagner«, bat sie und spürte, wie Röte in ihre Wangen stieg; sie fragte sich im gleichen Atemzug, warum weiche ich ihm aus?

Er reichte ihr das Glas und sah sie mit diesen grauen Augen an, die stets ein wenig skeptisch waren.

»Es scheint tatsächlich der Regen zu sein.« Er versuchte zu lächeln, aber es gelang ihm nicht ganz.

»Werner – ich – « Aber sie kam nicht dazu, weiterzusprechen, denn im selben Moment hörten sie die Unfallsirene, hörten den Wagen mit kreischenden Reifen in die Auffahrt biegen. Das Licht der Scheinwerfer fiel grell herein, tauchte den Raum kurz in kreidiges Weiß.

Und dann flackerte auch schon die rote Alarmleuchte über der Tür auf, und das Telefon läutete.

Werner Hagen nahm den Hörer auf.

»Ja?« Er lauschte, sagte: »Wir kommen sofort.«

»Ein Autounfall, zwei Schwerverletzte. Ich brauch' dich dabei.«

Und schon hatte er das Zimmer verlassen.

Renate fing rasch ihr Haar im Nacken mit

einer Spange ein, schlüpfte in ihren weißen Kittel und folgte ihm.

Das matte Licht der Tischlampe spiegelte sich in dem kleinen Silbertablett, in den Gläsern stand der Champagner – unberührt.

Der große und der kleine OP waren taghell erleuchtet.

Sie wurden in dieser Nacht beide gebraucht.

Im kleinen OP lag der Mann.

Sein Gesicht war grau unter der Bräune, dagegen wirkte das Haar fast weiß.

Werner Hagen hatte bei ihm einen hohen Blutverlust durch die Verletzung des linken Arms konstatiert.

Renate überwachte nun die Bluttransfusion.

Der verletzte Arm war gerichtet, die gebrochenen Rippen durch einen festen Verband gestützt. Ein Sedativ hielt ihn in einem künstlichen Schlaf. Schwester Gudrun breitete eine leichte Decke über ihn.

Aus dem großen OP klang das Wimmern der jungen Frau herüber. Es war ein verloren-hilfloser Laut wie der eines verirrten Kindes, eines hilflosen Tieres.

Die Lider des Mannes zuckten nervös.

»Schließen Sie bitte die Tür, Gudrun«, sagte Renate.

Die Oberschwester gehorchte rasch, kam dann zu ihr zurück. Sie war eine große kräftige Frau, Anfang der Vierzig, mit einem Gesicht, das normalerweise keinerlei Regung zeigte.

»Wissen Sie, wer das ist?« flüsterte sie, und in ihren Augen malte sich eine beinahe ehrfürchtige Bewunderung. »Stefan Leandros, der große Pianist. Gestern abend erst hat er ein Konzert in der Redoute gegeben. Zum Geburtstag des französischen Botschafters. Ich hab's im Fernsehen gesehen. Und drüben, das ist seine Frau, Maiyong, er hat sie vor einem Jahr aus Thailand mitgebracht. Die Illustrierten waren voll davon. Es war eine Märchenhochzeit mit anschließendem Bankett auf dem Petersberg.«

Die blaue Leuchte über der Verbindungstür zum großen OP leuchtete auf.

»Gudrun, Doktor Hagen braucht Sie!« Renate sagte es fast scharf, und sie wußte nicht einmal warum, denn Gudrun eilte schon nach drüben.

Renate blickte wieder in das stille, so leblos erscheinende Gesicht des Mannes.

Es war ein kühnes, ein herrisches Gesicht. Das graumelierte Haar wuchs in spitzem Winkel in die breite Stirn. Die Augen lagen unter weit auseinanderschwingenden Brauen.

Die Wangenknochen waren hoch, zwei tiefe Falten zogen sich von der schmalen Nase zu dem kräftigen Mund.

Es war ein seltsames Gesicht, ein Magiergesicht.

Ein leises Summen der Apparatur zeigte an, daß die Bluttransfusion beendet war.

Renate erhob sich, beugte sich über den Verletzten, horchte das Herz ab, prüfte den Puls.

Sie zuckte zusammen, als hinter ihr die Tür geöffnet wurde.

»Ich brauche dich«, sagte Werner Hagen. »Für die Narkose. Gudrun kümmert sich jetzt um ihn.«

Im großen OP half Lisbeth, die zweite Operationsschwester, Renate in den frischen sterilen Kittel, band ihr den Mundschutz um, streifte ihr die Gummihandschuhe über.

Werner Hagen, der über den Operationstisch gebeugt stand, sagte über die Schulter hinweg: »Wir müssen einen Kaiserschnitt vornehmen. Sie schafft die Geburt nicht.«

»Geburt?« Renate blickte erstaunt auf die weißen Abdecktücher, die den Leib bedeckten.

»Siebenter Monat, die Wehen haben durch den Unfall eingesetzt.«

Und die Operation begann; unter dem glänzenden Licht der Leuchten, das ihnen trotz der Klimaanlage den Schweiß auf die Stirn trieb.

Renate überwachte die Narkose, Puls und Atmung der jungen Frau, die fast noch ein Kind war.

Schweiß bedeckte die hohe runde Stirn. Naß, blauschwarz lag das Haar um die durchsichtigen Schläfen. Die Wimpern warfen tiefe Schatten auf die Wangenbögen. Halbgeöffnet, stumm, um Hilfe bittend war der blasse Mund.

Auch sie hatte viel Blut verloren, durch die zu früh einsetzende Geburt; durch tiefe Schnitt- und Platzwunden an Armen und Beinen; sie war bei dem Unfall aus dem Wagen geschleudert worden.

Der Puls ging schwach, die Atmung flach, als könne jeder Atemzug der letzte sein.

Und Werner operierte.

Um das Kind zu retten, ein Siebenmonatskind.

Um Maiyong zu retten.

Mit einem saugenden Ploppen fielen die chirurgischen Bestecke in Werners behandschuhte Hand, Schwester Elisabeth kannte jede Phase einer solchen Operation.

»Blutdruck?«

»Fällt!«

Werners Augen wurden eng.

»Puls?«

»Schwach, flatternd«, und im selben Augenblick: »Mein Gott – er setzt aus!«

»Cardiazol.«

Renate injizierte die vorbereitete Spritze.

Doch dann begann das Herz wieder zu schlagen, mühsam, langsam, kraftlos.

Schwester Lisbeth wischte erst Werner, dann Renate den Schweiß von der Stirn.

»Klammern – « Werners Stimme war jetzt ganz heiser.

Ein letzter Schnitt mit dem Skalpell.

Dann hob er das Kind aus dem reglosen Leib; durchtrennte die Nabelschnur.

Es war ein Junge, winzig klein.

Seine Stimme kam in einem einzigen quäkenden widerwilligen Schrei.

Schwester Lisbeth nahm das Kind entgegen – sekundenlang sahen sie sich alle drei an, glücklich, erleichtert, weil es lebte.

Schwester Lisbeth trug es hinüber in den angrenzenden Raum, wo es gebadet und versorgt wurde.

Werner beendete rasch und geschickt die Operation. Es gab keine Komplikationen mehr.

Die Krise kam zwei Stunden später.

Renate saß am Bett Maiyongs.

Sie sah, wie das Zucken durch den kleinen schmalen Körper lief. Sah, wie sich die spröden Lippen öffneten zu einem nie gehörten Schrei. Rasselnd kam der Atem aus dem trockenen Schlund.

Postoperative Kreislaufschwäche – Atemnot, der Puls nicht mehr zu ertasten.

Renate gab wieder Cardiazol, gab Persanthin.

Aber das kleine goldene Gesicht vor ihr verfiel immer mehr, wurde wächsern gelb, starr.

Die Lider hoben sich noch ein letztes Mal, ließen nur das Weiß der Augen sehen. Die Lippen stammelten Unverständliches.

Und wieder setzte das Herz aus.

»Werner!« Renate lief ins Nebenzimmer, wo sie ihn bei Leandros wußte.

»Schnell! Kollaps!« flüsterte sie nur. Aber Werner begriff sofort.

Noch einmal wurde Maiyong in den Operationssaal gebracht.

Dr. Werner Hagen öffnete den Brustkorb, massierte das matte, erschöpfte Herz der jungen Frau. Noch einige flatternde Schläge tat es, dann setzte es für immer aus.

Der Regen schlug gegen die Fensterscheiben, dieser ewige, eintönige Regen.

»Sie war erst neunzehn Jahre alt«, sagte Renate, wie zu sich selbst. Sie preßte ihre zitternden Hände auf ihre Knie. »Erst neunzehn Jahre alt.«

Werner Hagen antwortete nicht. Er stand am Fenster ihres kleinen Büros. Er hatte die Hände in die Taschen seines weißen Kittels gesteckt, den er so wenig wie sie in dieser Nacht würde ablegen können.

»Sie waren erst seit einem Jahr verheiratet«, sagte Renate. »Sie war seine zweite Frau. Die erste kam auch bei einem Unfall ums Leben.«

»Woher weißt du das?« fragte Werner. Er wandte den Kopf. In seinen Augen war ein Ausdruck, den Renate nicht deuten konnte.

»Gudrun hat es mir erzählt. Sie verehrt Leandros als Künstler. Sie kennt alle Bücher und Artikel über ihn.«

»War er auch an dem ersten Unfall schuld?«

»Wieso?« Renate starrte ihn entsetzt an.

»Nun, diesen hier – hat er offensichtlich verschuldet.«

»Nein!« Renate griff nach einer Zigarette – der Rauch schmeckte bitter und schal, sie drückte sie wieder im Aschenbecher aus.

»Während du dich um Maiyong kümmertest«, sagte Werner, »hat Schwester Lisbeth mir den Unfallbericht gebracht. Leandros muß die Gewalt über den Wagen verloren haben.«

»Aber – «

»Und ich habe bei der Blutuntersuchung festgestellt, daß er unter der Einwirkung von Alkohol stand.«

»Nein«, flüsterte Renate, »oh, mein Gott, wenn er erfährt, daß seine Frau dabei . . .«

»Er wird es erfahren müssen«, sagte Werner Hagen.

»Werner – ist er denn nicht gestraft genug mit

ihrem Tod? Werner, wenn bekannt würde, daß er getrunken hatte, es würde eine polizeiliche Untersuchung geben, einen Skandal – «

Sie verstummte unter Werners Augen – es war ein scharfer, sezierender Blick, der sie traf.

»Du hast ja Angst um ihn«, sagte er kaum hörbar, und es war keine Frage.

»Angst?« Sie lachte nervös auf. »Warum sollte ich Angst haben. Leandros tut mir leid. Das ist alles.«

Aber sie wußte, daß sie log. Denn sie hatte Angst, eine wilde beklemmende Angst um Stefan Leandros, einen Mann, den sie heute nacht zum ersten Male in ihrem Leben gesehen hatte.

»Melde es nicht«, flüsterte sie, »bitte, warte wenigstens bis morgen. Es kann ja auch niemand von dir verlangen, daß du es jetzt noch tust.«

Ihr Blick ging zu der kleinen Empireuhr, die auf ihrem Schreibtisch stand. »Es ist immerhin schon zwei, es hat doch wirklich bis morgen Zeit.«

Vier Stunden waren vergangen, seit Stefan Leandros und seine Frau Maiyong in die Klinik eingeliefert worden waren.

Vier Stunden nur – und doch eine Ewigkeit.

»Tu es nicht«, sagte Renate noch einmal.

Werner Hagen ließ sie wortlos allein.

2

Das Haus der Ehrwalds lag im Bad Godesberger Rheinviertel. Professor Ehrwald hatte es vor zehn Jahren selbst entworfen und seinen Bau überwacht, als ihn die Vergrößerung und Modernisierung seiner Klinik in Mehlem zur Aufgabe der dortigen Wohnung zwang.

Es war ein weitläufiges, niedriges Haus, dessen große, bis zur Erde reichende Fenster den Park mit den alten hohen Ulmen und Kastanien in die Räume einbezog.

Die Bibliothek mit der überdachten Frühstücksterrasse unterteilte den Bungalow in zwei Trakte; den einen bewohnte Professor Ehrwald, den anderen seine Tochter Renate.

Renate betrat an diesem Morgen ihr mit alten portugiesischen Kacheln ausgestattetes Bad gegen neun Uhr.

Sie hatte nur zwei Stunden Schlaf gefunden in der vergangenen Nacht; ihre Augen waren tief umschattet.

Sie verzichtete auf das allmorgendliche Schaumbad, duschte nur rasch heiß und kalt.

Sie bürstete ihr Haar, bis es weich und locker auf ihre Schultern fiel, benutzte einen blassen, nur die Konturen des Mundes betonenden Lippenstift.

Während sie in das hellblaue Twinset schlüpfte und den ebenfalls blauen Rock schloß, klopfte es an ihre Schlafzimmertür.

»Ja, Helma?«

»Der Herr Professor wartet mit dem Frühstück.«

»Draußen oder drinnen?«

»Auf der Terrasse.«

»Gut, ich komme sofort!«

Renate legte noch rasch die dünne Schnur blaßrosa Perlen um, Werners Verlobungsgeschenk; den Ring vergaß sie überzustreifen.

Sie nahm Handtasche und Wagenschlüssel, schlüpfte in die hellen Pumps, ging dann rasch hinaus.

In der Bibliothek lag noch Zigarrenrauch, wie immer, wenn ihr Vater lange gearbeitet hatte.

Aber seinem hageren, gebräunten Gesicht unter dem dichten, weißen Haar sah man nichts von Müdigkeit an.

»Guten Morgen, mein Kind.«

Sie lächelte und küßte ihn auf die Wange.

»Du bist spät nach Hause gekommen, oder sollte ich lieber sagen früh?«

Sie setzte sich ihm gegenüber.

»Wir haben in der Nacht noch zwei Unfälle hereinbekommen«, sagte sie und blickte nicht auf, während sie erst ihrem Vater, dann sich Kaffee eingoß.

»Ich weiß«, sagte er ruhig, »Leandros und seine thailändische Frau Maiyong.«

»Es ist schrecklich, Vater!« Renate setzte ihre Tasse mit einem harten Klirren ab, ohne getrunken zu haben. »Ich kann mich nicht an den Tod gewöhnen.«

»Du wirst es müssen«, sagte er, »als Ärztin.«

»Ich weiß, ich weiß – « Sie hob die Hände in einer hilflosen Geste, »aber wenn du da stehst und plötzlich nichts mehr tun kannst? Wenn du Entscheidungen fällst, aber die letzte Entscheidung dir dennoch abgenommen wird? Wenn – «

»Aber du warst nicht allein«, sagte ihr Vater, »Werner war bei dir, und ihr beide habt alles getan, was in eurer Macht stand. Tröstet dich das nicht?«

»Maiyong war noch so jung«, sagte sie leise. »Sie hat einen Sohn zur Welt gebracht, den sie nie sehen wird. Warum mußte sie sterben?«

»Du fragst die Fragen, die man sich ein Leben lang stellt. Wer soll dir darauf Antwort geben?« Ihr Vater berührte ihren Arm. Seine Stimme klang sanft, aber jetzt klang sie so sanft, wie sie es vermochte. »Frühstücke jetzt, Kind. Dann nimmst du ein leichtes Beruhigungsmittel und fährst in die Klinik. Da warten eine Menge Menschen auf dich, die dir vertrauen, denen du geholfen hast. – Bedeutet dir das nichts?«

Sie nickte nur. Sie begann folgsam zu essen, trank ihren Kaffee. Zündete sich dann eine Zigarette an. »Weißt du, daß seine erste Frau ebenfalls bei einem Autounfall ums Leben kam?« fragte sie dann.

»Ja«, sagte ihr Vater.

»Weißt du auch, daß Leandros getrunken hatte?«

Ihr Vater schwieg, sie blickte auf.

Er betrachtete sie kühl, intensiv.

»Darf man denn kein Mitleid haben?« fragte sie.

»Es gibt Wichtigeres als Mitleid, Renate.«

Sie konnte nicht fragen, was, denn Werner Hagen kam um das Haus herum.

»Einen schönen guten Morgen«, rief er und schwenkte seinen Tennisschläger. »Ist das nicht ein herrliches Wetter? Ich glaube, wir kriegen doch noch einen fabelhaften Herbst!«

Und erst jetzt spürte Renate den wärmenden Schein der Sonne in ihrem Rücken, erst jetzt vernahm sie das Tuckern der Schiffe auf dem Rhein, sah die Dahlien, die über Nacht ihre Flammensterne geöffnet hatten.

Sie lächelte und spürte doch selbst, wie verkrampft dieses Lächeln war. »Du warst schon Tennis spielen?«

»Schon ist gut.« Werner lachte, und seine weißen Zähne blitzten. Er sah so jung, so unbeschwert, so ganz und gar gesund aus. »Es ist halb zehn. Krieg ich noch einen Schluck Kaffee?«

Renate läutete nach Helma, ließ eine dritte Tasse bringen.

»Gibt es etwas Neues – in der Klinik?« Sie wollte es leichthin fragen und hörte doch selbst, wie ängstlich es klang.

»Nichts Neues. Alles in Ordnung. Vor einer Stunde schlief unser prominenter Patient seinen Rausch noch aus.«

»Werner, wie kannst du so etwas sagen!«

»Aber es stimmt doch.« Und da war plötzlich kein Lachen mehr in seinem Gesicht, da war wieder die Wachsamkeit in seinen Augen, wie schon einmal in der vergangenen Nacht. »Leandros hatte getrunken, als der Unfall geschah.«

»Ich weiß. Aber, war er betrunken?«

»Wieviel oder wie wenig spielt doch nur bedingt eine Rolle, manche Menschen sind schon nach einem Cognac fahruntüchtig.«

»Aber Leandros hatte seine Frau im Wagen. Und sie war schwanger. Glaubst du, ein Mann würde so fahrlässig handeln?«

»Auch das kommt auf den jeweiligen Mann an. Aber du scheinst ihn ja sehr gut zu kennen, den berühmten Leandros.«

»Ich kenne ihn überhaupt nicht«, erwiderte

Renate heftig, »ich finde nur, daß man einem Mann, der gerade seine Frau verloren hat, nicht auch noch in den Rücken fallen soll. Zumindest so lange nicht, als er sich nicht wehren kann.«

»Ich falle ihm nicht in den Rücken«, sagte Werner Hagen.

»Nein – ihr wählt nur beide eure Worte ein wenig falsch«, schaltete sich der Professor ruhig ein. »Renate hat den Tod der jungen Frau noch nicht verwunden, und du, Werner – auch nicht. Ich kann nur eines zu alldem sagen: Wenn Leandros getrunken hat, dann wird er sich dafür verantworten müssen.«

Stumm saß Renate neben Werner Hagen auf der Fahrt zur Klinik. Ihr Gesicht war wie aus einem blassen, durchsichtigen Stein geschnitten.

Einmal zündete sie sich eine Zigarette an, drückte sie jedoch nach ein, zwei hastigen Zügen wieder im Aschenbecher aus.

Werner kannte diese Nervosität nicht an ihr, aber das war nicht alles. Sie hatte sich verändert, über Nacht – ja in der vergangenen Nacht.

Maiyong war nicht die erste Frau, deren Sterben sie erlebte; und Leandros nicht der erste Mann, der womöglich die Schuld daran trug.

1,4 Promille Alkohol im Blut – war das nicht Schuld genug?

Werner Hagen lenkte den Wagen in die Klinikeinfahrt. Renate stieg ebenso stumm aus, wie sie es die ganze Zeit über gewesen war.

»Renate?«

»Ja?« Sie blieb zögernd stehen, er trat zu ihr. Ihre Hand war sehr kalt, sehr schmal in seiner Hand.

»Renate, wir wollen uns doch nicht streiten«, sagte er.

Ihre Augen waren sehr dunkel, und es gab ihm einen Stich zu sehen, wie umschattet sie waren.

»Nein, natürlich nicht.« Aber ihr Mund blieb hart.

»Wir wissen beide, was wir zu tun haben.«

»Ja.«

»Siehst du – wenn es zu einer polizeilichen Untersuchung des Unfalles kommt – dann dürfen wir nicht schweigen.«

»Nein.«

»Ich bin mir auch bewußt, was das bedeuten würde – «

»Ja?«

»Es könnte unter Umständen Leandros ein Verfahren wegen fahrlässiger Tötung einbringen.«

Renate senkte den Kopf.

»Aber ich hoffe, daß es gar nicht erst zu einer derartigen Untersuchung kommen wird«, fügte er hastig hinzu.

»Ja, Werner.«

»Verstehen wir uns wieder?«

»Ach, Lieber, du mußt mir verzeihen.« Sekundenlang lehnte sie ihr Gesicht gegen seinen Arm. »Du hast recht.«

Aber gleichzeitig dachte sie, ich wünschte, er hätte nicht immer recht, wäre nicht so gelassen, so selbstsicher, würde nicht immer das Richtige denken, nicht immer das Richtige tun.

Aber war sie ihm bis gestern nicht noch ähnlich gewesen?

Hatte sie bis gestern abend nicht wie er gehandelt und gedacht?

Was ist nur mit mir geschehen? fragte sie sich und fand keine Antwort darauf.

»Komm jetzt«, sagte Werner, »es ist Zeit für die Visite. Und ich muß mich noch umziehen.«

Sie hatte Mühe, seinen weit ausgreifenden Schritten in die Klinik zu folgen.

Der Morgen verging mit der Visite, der Betreuung einiger weniger ambulanter Patienten, Telefonaten.

Mittags nahmen sie einen hastigen Imbiß in Renates Büro ein; im OP bereiteten Schwester Gudrun und Schwester Lisbeth eine sechzehnjährige Patientin zur Blinddarmoperation vor.

»Übernimmst du das?« fragte Werner.

»Nein, bitte, operier' du!«

Wieder diese skeptische Wachsamkeit in seinen Augen.

»Kopfschmerzen«, sagte sie, »ich habe wahnsinnige Kopfschmerzen. Es scheint das Wetter zu sein.«

Nach dem sonnigen Morgen hatte sich der Himmel zugezogen, es war schwül; die Wolken hingen tief über dem Rheintal, prall gefüllt mit Regen, der sich wahrscheinlich in einem Gewitter entladen würde.

»Gut, wie du willst«, sagte Werner schließlich, »dann mach bitte diesen Bericht für mich fertig. Das Magenkarzinom von Zimmer achtzehn.«

Magenkrebs – die Patientin war dreiundvierzig Jahre alt.

Mutter von vier Kindern, Frau eines Studienrats.

Wissen Sie, daß ich gerade jetzt krank werden muß, hatte sie traurig bei ihrer Einlieferung gesagt, gerade jetzt, wo mein Mann und ich doch in diesem Herbst nach Griechenland fahren wollten! Vier Wochen Urlaub. Insel Rhodos. Vier Wochen, nur wir beide allein. Zu unserem fünfundzwanzigsten Hochzeitstag.

Aber sie würde nie mehr nach Rhodos fahren.

Sie würde statt dessen in eine Klinik verlegt werden, die sich auf Krebsfälle spezialisiert hatte.

Ich will alles tun, hatte ihr Mann gesagt, als er

erfuhr, wie es um seine Frau stand. Alles, selbst wenn es sinnlos ist. Und er war in ein hilfloses, trockenes Schluchzen ausgebrochen. Aber als er dann zu seiner Frau ging, ihr die mitgebrachten Blumen gab, einen wunderschönen Bildband über Rhodos und Konfekt, das sie nicht mehr essen konnte – hatte er ihr nur strahlende Zuversicht gezeigt; und es war nicht einmal gespielt.

Ein Mann und eine Frau unter so vielen, denen man als Ärztin begegnete. Verzweiflung und Hoffnung, so nah beieinander.

Aber davon handelte der Bericht nicht, den Renate anfertigte. Der Bericht war eine nüchterne Darstellung der Krankheitsursache, die unweigerlich zu einem qualvollen Tod führen mußte.

Als Renate gerade fertig damit war, leuchtete die Taste ›Privatstation‹ des Sprechgerätes auf.

Renate schaltete die Sprechtaste um: »Ja, bitte?«

»Frau Doktor, Herr Leandros ist erwacht. Er bittet darum, Sie oder Herrn Doktor zu sehen.«

»Ja, ich komme«, antwortete Renate knapp.

Aber sie dachte mit einem jähen Aufflackern dieser Ratlosigkeit, die sie nie zuvor gekannt: Was werde ich ihm sagen müssen? Wie werde ich es ihm sagen?

Sie schritt zögernd in den ersten Stock hinauf, wo die Privatpatienten untergebracht waren.

Zimmer vier – und nebenan in drei war Maiyong gestorben.

Renate mußte tief Atem holen, ehe sie anklopfte und Leandros' Zimmer betrat.

Das Bett stand an der linken, blaßgelben Wand.

Stefan Leandros wandte den Kopf, als Renate eintrat.

Seine Augen waren von einem dunklen, fast schwärzlichen Braun; schwermütige Augen, welche die Kühnheit seines Gesichts Lügen straften.

»Guten Tag«, sagte Renate und trat an sein Bett. »Ich bin Doktor Ehrwald.«

Seine Hand umschloß die ihre mit einem festen, fast heftigen Druck, ließ sie sogleich wieder los.

»Wie geht es meiner Frau?«

»Sie haben einen Sohn bekommen«, sagte Renate lächelnd. »Einen gesunden, kräftigen, wenn auch noch winzigen Sohn.«

»Einen Sohn – « Leandros schloß die Augen, seine rechte Hand krallte sich in die Bettdecke.

»Er ist ein kleiner Schreihals, wie mir die Schwester berichtet hat, dazu schrecklich gefräßig und außerdem hat er einen Schopf schwarzer Haare.«

Maiyong hat sich so sehr einen Sohn gewünscht! Er begann zu lachen, leise erst, dann beinahe ungebärdig, und dann brach er ab.

»Es tut weh«, sagte er, »meine Brust tut weh.«

»Kein Wunder.« Renate lächelte immer noch. »Sie haben ein paar Rippen gebrochen. Aber das ist nicht weiter schlimm.«

»Und meine Hand?« fragte er. »Was ist damit?«

»Die Hand ist unverletzt, der Unterarm hat lediglich tiefe Schnittwunden.«

»Also Glück gehabt?« fragte er.

»Ja, Sie haben viel Glück gehabt.«

»Bitte, setzen Sie sich doch einen Moment zu mir.«

»Ich muß noch zu einem anderen Patienten.«

»Sagen Sie, Frau Doktor, kenne ich Ihren Vater? Beschäftigt er sich nicht in seiner Freizeit mit Architektur?«

»Ja, das stimmt.« Renate nickte überrascht.

»Dann war er ein guter Freund meiner Eltern. Er hat mein Elternhaus entworfen, in dem ich heute noch lebe. Am Hang der Godesburg. Praktiziert er auch noch?«

»Ja, mein Vater beschäftigt sich noch mit Fällen, die ihm besonders am Herzen liegen, schwierigen oder besonderen Fällen.«

Warum fügte sie nicht hinzu, daß ihr Vater bereits seit einem Jahr Werner die Leitung der Klinik überlassen hatte?

»Kümmert Ihr Vater sich um Maiyong?« Flüchtige Röte färbte Leandros' Wangen. »Verzeihen Sie, ich wollte Sie nicht kränken. Aber ich gestehe, daß ich – «

»Ich weiß, was Sie meinen«, Renate lächelte wieder, »man hat halt immer noch mehr Vertrauen zu einem Arzt als zu einer Ärztin, nicht wahr?«

Er nickte lachend. »Ja, Sie haben recht. Genauso ist es.«

Und dann, vom Bruchteil einer Sekunde zur anderen, wurde sein Gesicht streng, ernst; es war, als ziehe jemand Unsichtbarer die Haut straff über die Kiefer, die Schläfen.

»Was ist mit Maiyong?« Er stieß es hervor. »Sie haben es mir immer noch nicht gesagt.«

Jetzt hätte sie gewünscht, zu sitzen, sie spürte das Zittern ihrer Knie. Sie blickte sich unwillkürlich um, als gäbe es noch einen Ausweg, eine Fluchtmöglichkeit.

»Was ist mit Maiyong?« wiederholte er.

»Herr Leandros«, ihre Stimme gehorchte ihr kaum, sie mußte sich räuspern. »Bitte, Sie dürfen sich nicht aufregen.«

Er sah sie unverwandt an, er sah sie an, als könne er sie so am Weitersprechen hindern.

Aber sie mußte weitersprechen, mußte es sagen, und sie tat es.

»Ihre Frau ist tot. Nach der Geburt. Ein Kreislaufkollaps. Wir haben getan, was wir konnten.«

Sie sah, wie sein Gesicht verfiel, sah plötzlich

Falten, tiefe Runen in der vorher so straffen Haut. Sah, wie er die Lippen zusammenpreßte, und doch entrang sich ihm ein qualvolles Stöhnen.

Und dann fuhr er hoch, seine Hand packte ihren Arm, seine Nägel gruben sich in ihr Fleisch.

»Nein! Es ist nicht wahr. Sie lügen. Warum lügen Sie? Maiyong kann nicht tot sein. Nein, nicht Maiyong. Sie lebt. Sie muß doch leben. Sie ist doch noch so jung!«

»Ich lasse Ihnen Ihren Sohn bringen«, sagte Renate, in dem verzweifelten Versuch, ihn abzulenken. »Sie werden – «

»Nein, ich will ihn nicht sehen. Nicht wenn Maiyong tot ist. Nein, niemals!«

Leandros ließ ihren Arm los, er fiel zurück, seine Augen schlossen sich, keuchend rang er nach Atem, Schweiß lief von der Stirn über seine Schläfen in den Nacken.

»Niemals«, stieß er hervor. »Ich habe keinen Sohn, wenn er Maiyong getötet hat.«

3

Noch nie hatte Dr. Renate Ehrwald ein Gesicht gesehen, das so nackt in seinen Gefühlen war und jetzt in einem einzigen Gefühl: im Haß auf den ungesehenen kleinen Sohn, den Maiyong geboren hatte, bevor sie starb.

»Bitte, Herr Leandros«, sagte Renate, »bitte, Sie dürfen sich nicht aufregen.«

»Ich wollte es nicht«, stieß er hervor, »ich wollte nicht, daß Maiyong das Kind bekam. Sie war noch so jung. Und sie war so zart. Ich wollte es nicht, aber sie bettelte, bis ich nachgab.«

»Nicht das Kind hat Ihre Frau getötet«, sagte Renate. »Es war der Unfall, die Verletzungen.«

»Der Unfall...«, wiederholte er mit dieser rauhen, harten Stimme, die ihm die Erregung verlieh. Er preßte die gesunde rechte Hand vor die Augen, er biß die Lippen zusammen, bis Blut kam.

»Nicht, bitte«, sagte Renate, »bitte, Sie müssen sich zusammennehmen.«

Leandros begann zu zittern; die Erregung schüttelte seinen Körper unkontrollierbar.

Renate klingelte nach der Schwester.

»Ein Sedativ, rasch. Bringen Sie mir Libranol, aufgezogen.«

»Ich will keine Spritze«, stieß Leandros hervor. »Ich will kein Betäubungsmittel.«

»Sie müssen vernünftig sein«, sagte Renate. Sie zog die Hand von seinen Augen, nahm sie fest in ihre beiden Hände. »Sie müssen jetzt wenigstens ein bißchen an sich selbst denken. Sie sind auch verletzt. Sie stehen unter einem Schock, Sie müssen ihn überwinden.«

Leandros hielt die Augen geschlossen. Er sah sie nicht an.

Behutsam tupfte sie das Blut von seiner zerbissenen Lippe.

Die Schwester kam, brachte ihr das verlangte Sedativ; Renate setzte die Injektion, Leandros hinderte sie nicht länger daran.

Renate blieb bei ihm, bis sie wußte, daß er eingeschlafen war.

Auf ihrem Schreibtisch fand Renate einen Zettel mit Werners Handschrift:

Danke für den Bericht – das Magenkarzinom verlangt ausdrücklich nach Dir. Was sie will, weiß ich nicht.

Renate zerknüllte den Zettel, warf ihn in den Papierkorb, verblüfft im selben Augenblick über die Heftigkeit, mit der sie reagierte.

Aber, mein Gott, konnte Werner denn von den Patienten nur als Fälle reden, vom Blinddarm von Zimmer siebzehn, vom Leistenbruch in Zimmer acht? Dachte er denn überhaupt nicht mehr an den Menschen?

Renate verließ rasch ihr Büro, schritt den Flur entlang zu dem Zimmer, in dem Nina Hellweg lag, die Frau des Studienrats, dreiundvierzig Jahre alt, durch ihre Krankheit um den ersten und einzigen richtigen Urlaub ihres Lebens betrogen, Urlaub auf Rhodos zum fünfundzwanzigsten Hochzeitstag.

Nina Hellweg war eine hübsche, zierliche blonde Frau – oder zumindest war sie es einmal gewesen.

Denn die Krankheit hatte sie ausgezehrt, hatte die Haut gelblich-grau verfärbt; die Wangen in dem ovalen, flachen Gesicht waren eingesunken, die Augen von schwärzlichen Ringen umgeben.

»Guten Tag, Frau Hellweg, Sie haben nach mir verlangt?« Renate drückte die trockene, magere Hand.

»Ja, Frau Doktor.« Die braunen Augen sahen sie fragend, suchend an. »Setzen Sie sich einen Moment lang zu mir?«

»Aber natürlich, gern.« Renate lächelte und zog sich einen Stuhl heran.

Der Bildband über Rhodos lag vor dem Bett auf dem Boden, mit zerknickten Seiten, so, als sei er achtlos dorthin geworfen worden.

Unwillkürlich bückte Renate sich danach, hob ihn auf, strich das glänzende Papier glatt.

»Sie können das Buch in den Papierkorb werfen«, sagte Frau Hellweg, »ich will es nicht mehr sehen.«

»Aber Frau Hellweg – Ihr Mann hat es Ihnen doch geschenkt?«

»Warum – wenn ich doch nie nach Rhodos kommen werde?«

»Ach was – Sie fahren halt ein paar Monate später als vorgesehen.«

»Ich werde nie fahren, Frau Doktor. Nie.« Die braunen Augen bekamen einen beinahe zornigen Glanz. »Ich habe heute Blut gebrochen. Nicht zum erstenmal. Ich weiß, was das bedeutet.«

»Frau Hellweg – «

»Warum hat mir niemand die Wahrheit gesagt? Ich weiß doch, was ich habe.«

»Frau Hellweg – «

»Nein, Frau Doktor, Sie hätten es mir nicht sagen können. Aber mein Mann, daß er es mir verschwiegen hat, daß er mich in dem Glauben läßt, wir fahren doch noch nach Rhodos, daß er kommt und mir das Buch schenkt, als ginge das Leben weiter wie bisher. Aber es geht nicht weiter wie bisher!« Die mageren Hände krampften sich in die Bettdecke. »Ich weiß doch, was mit mir los ist. Ich brauch' doch bloß in den Spiegel zu schauen. So wie ich sieht niemand aus, der ein nervöses Magenleiden hat. So wie ich sieht jemand aus, der stirbt. Ich habe Krebs, Frau Doktor. Und niemand wird mir helfen können. Niemand mehr!«

»Frau Hellweg – « Aber auch jetzt kam Renate nicht zu Worte.

»Ich will nicht hierbleiben«, sagte die Kranke mit glasklarer Stimme. »Ich will auch nicht mehr in eine andere Klinik. Ich will nach Hause. Noch mal zu meinen Kindern. Und wenn's auch nur noch für ein paar Wochen ist. Wenn es dann gar nicht mehr geht, dann – dann werd' ich schon wissen, was ich zu tun habe.«

»Frau Hellweg, Sie dürfen nicht so reden. Wir werden alles tun, was wir können. Sie brauchen Ruhe und Diät und Medikamente, es wird Ihnen bald bessergehen.«

»Bitte, hören Sie auf zu lügen«, sagte Nina Hellweg, und sie lächelte sogar. »Sie sind doch eine Frau, Sie müssen mich doch verstehen. Ich kann doch nicht so einfach – « Ihre Stimme schwankte, gewann dann wieder an Festigkeit. »Nein, ich kann meine Kinder nicht einfach so im Stich lassen, ich muß noch mal nach Hause. Meine älteste Tochter will sich verloben. Ich muß doch die Verlobung ausrichten – wenn ich schon nicht mehr ihre Hochzeit erleben werd'. Und Mini, das ist meine Zweite, sie ist gerade siebzehn geworden. Ich muß ihr noch Dinge sagen, vom Leben und so, sie weiß doch noch nichts. Und dann der Kleine. Pips und Ilse, die Zwillinge. Sie sind erst sechs. Gerad' in diesem Jahr sind sie in die Schule gekommen. Ich will wenigstens noch ihre ersten Zeugnisse sehen. Eine Belohnung sollen sie bekommen. Wenn die Zeugnisse gut sind. Wissen Sie, was Pips und Ilse am liebsten essen? Heringe in saurer Sahne, ach, ich bin sicher, daß sie sich die zur Belohnung wünschen werden.« Nina Hellweg lachte, und dann brach sich das Lachen in einem Schluchzen, und sie lag da und weinte, und ihre Augen, so dunkel und so krank, ließen Renate nicht los. »Sie müssen es doch wenigstens verstehen, Sie sind doch eine Frau. Bitte, Frau Doktor, ich muß noch mal nach Hause – und wenn es nur für ein paar Tage ist.«

Renate griff nach den unruhigen Händen, nahm sie fest in ihre. »Haben Sie denn Hilfe zu Hause, im Haushalt, meine ich.«

»Aber ja, natürlich.« Nina Hellweg nickte heftig. »Sie sollten meine Töchter kennen, die lassen ihre Mutter nichts Unnötiges tun. Helga, die älteste, kauft ein, und Mini kocht. Ich überanstreng' mich bestimmt nicht. Bitte, bitte, glauben Sie mir das. Und lassen Sie mich noch einmal nach Hause.«

»Ich will mit Doktor Hagen reden«, versprach Renate, »wenn er glaubt, daß wir es verantworten können ...«

»Ja, tun Sie das«, bat Frau Hellweg, »und bitte lassen Sie mich bald nach Hause. Und das da, bitte«, sie richtete sich auf, drückte den Bildband über Rhodos in Renates Hände, packte eine ungeöffnete Schachtel Konfekt darauf, »nehmen Sie's. Fahren Sie nach Rhodos und essen Sie die Mandelsplitter. Sie können es noch, Sie können noch alles tun, was Sie wollen. Und tun Sie's, Frau Doktor, nehmen sie keine Rücksicht, nicht auf andere, meine ich. Wissen Sie, ich hab's mein Leben lang getan, erst auf meine Mutter und dann auf meine Schwiegermutter und dann auf die Kinder. Nicht, daß es mir leid täte, aber mein Mann und ich, wir beide zusammen haben so viel versäumt. Und jetzt ist es zu spät, um es nachzuholen. Rhodos sehen und sterben – ich werd' nur noch sterben können.«

»Du bist so blaß«, sagte Werner Hagen und fuhr Renate mit der Hand durchs Haar. Und im selben Atemzug: »Hast du eine Zigarette für mich?«

Sie reichte ihm stumm die Silberdose, in der sie die hellen englischen Zigaretten für ihn verwahrte.

»Ich glaube, Leandros hat einen Nervenzusammenbruch«, sagte sie. »Und dann war ich bei Frau Hellweg. Sie weiß, daß sie Krebs hat.«

»Das war zu erwarten«, sagte Werner, »sie ist keine dumme Frau.«

»Ist das alles, was du dazu sagen kannst?« stieß Renate hervor.

Er starrte sie an, ehrlich verblüfft – und im selben Augenblick befiel sie Scham. Tat sie ihm nicht schon wieder Unrecht?

»Aber, Renate«, sagte er verweisend, »du scheinst mir ein bißchen sehr nervös zu sein.«

»Mein Gott, wir reden von Menschen, die um uns leiden und sterben, nur als von Fällen. Sieh her – « Renate schüttelte ihren Papierkorb durcheinander, zog den zerknitterten Zettel hervor, den er ihr wegen Frau Hellweg auf den Tisch gelegt hatte, warf ihn Werner zu.

»Für dich ist Nina Hellweg nur ein Magenkarzinom, aber sie ist auch eine Frau. Sie ist eine Mutter. Sie will nach Hause, um ihrer ältesten Tochter die Verlobung auszurichten und der jüngeren noch ein paar Ratschläge für das Leben zu geben und um das erste Zeugnis ihrer sechsjährigen Zwillinge zu sehen. Sie will nach Hause, um noch einen kleinen, den letzten Zipfel ihres Lebens zu erhaschen. Für dich aber ist sie nur ein Magenkarzinom.«

Werner Hagen drückte mit einer heftigen Bewegung die Zigarette im Aschenbecher aus, und mit einer ebenso heftigen Bewegung stand er von ihrer Schreibtischkante auf, trat zum Fenster.

»So«, sagte er, »so siehst du das.«

»Ja, so sehe ich das«, sagte Renate, aber ihre Stimme klang schon nicht mehr ganz sicher.

»Du hältst mich für einen kalten, unempfindlichen Kerl, nicht wahr, für den die Kranken nichts als medizinische Aufgaben sind, die er mit Geschick und List lösen kann oder auch manchmal nicht!«

Er wandte sich langsam um. Sein Gesicht war kalkweiß.

Die Heiserkeit seiner Stimme machte seine Worte kaum unterscheidbar. »Weißt du denn nicht, daß dies die einzige Möglichkeit ist, das Leid um einen herum zu verkraften? Natürlich nenne ich Frau Hellweg das Magenkarzinom und das Mädchen mit dem durchgebrochenen Blinddarm ebenso und nicht Gisela Meissner. Ich will nicht, daß sie Personen für mich werden, Menschen, deren schmerzgequälte Gesichter mich verfolgen und nicht mehr loslassen, bis ich vor lauter Angst, ihnen zu allem Überfluß auch noch weh tun zu müssen, womöglich nicht mehr operieren kann? Was bildest du dir eigentlich ein, wenn du glaubst, daß man jeden Menschen nur als Menschen sehen könnte? Weißt du, wo man dann landet?«

»Werner, verzeih mir«, sagte Renate. Sie ging rasch zu ihm. Sie legte ihre Hände um sein blasses Gesicht. »Bitte, verzeih mir.«

Er sah an ihr vorbei, in seinen Augen war ein Ausdruck, wie sie ihn noch nie gesehen.

»Ausgerechnet du«, sagte er dann und wischte ihre Hände fort, nicht einmal ärgerlich, ganz gewiß nicht zornig, nur sehr traurig.

Und zum zweitenmal in kaum vierundzwanzig Stunden ließ er sie ohne ein weiteres Wort allein.

Abendvisite. Werner war kühl und gelassen wie stets. Die Patientinnen hingen an seinen lächelnden Lippen, die Zuversicht versprachen. Die Männer versuchten seine leichten Scherze zu erwidern.

Renate folgte ihm wie ein Schatten und empfand sich selbst wie einen Schatten ihrer selbst.

Etwas war mit ihr geschehen.

Etwas ließ sie in den Gesichtern der Kranken nach den Spuren der Schmerzen, des Leides, des Todes suchen.

Etwas in ihr war wieder aufgewacht, das die Routine des Krankenhauses und vorher schon das fortschreitende Studium in ihr verschüttet hatten: das Mitleiden mit den Menschen.

Das Mitdenken, was wird aus ihnen? Werden sie wieder gesund? Werden sie die Kraft haben, ihre Krankheit zu überstehen? Werden wir genügend Wissen haben, um ihnen zu helfen?

Sie wußte, daß dies gefährlich war, daß es ihre

Urteilskraft beeinträchtigte, die Fähigkeit, schnelle, genaue Diagnosen zu stellen; daß es die Hand zögern ließ, die Injektionen zu setzen, Medikamente zu verschreiben.

Man darf nicht zweifeln, wenn man helfen will. Man darf nicht zweifeln daran, daß man helfen kann.

Aber der Tod einer jungen Frau, der sinnlose Tod Maiyongs, hatte Dr. Renate Ehrwald wieder das Zweifeln gelehrt.

Und sie hatte in der kommenden Nacht allein Klinikdienst.

Sie konnte nur mit Entsetzen daran denken.

Sie hatte Angst davor, daß sie sich nicht bewähren könnte.

Sie kamen während der Visite auch in das Zimmer von Frau Hellweg.

Ihre erste Frage war: »Herr Doktor, wann darf ich nach Hause?«

»Wir werden Sie morgen noch einmal gründlich untersuchen«, sagte Werner ruhig, beruhigend, »und dann werden wir schauen, was für Medikamente wir Ihnen mit auf den Nachhauseweg geben, damit Sie wieder ganz gesund werden.«

»Aber ich hab' doch keine Zeit mehr zu verlieren. Und ich brauch keine Medikamente mehr – nur noch gegen die Schmerzen. Ja, haben Sie es ihm denn nicht gesagt, Frau Doktor?« fragte Nina Hellweg und blickte Renate an.

Die schreckte auf. »Doch – natürlich«, antwortete sie.

»Na – also«, sagte Frau Hellweg, »dann lassen Sie mich doch heute schon gehen. Ich hab' keine Zeit mehr zu verlieren, das wissen wir doch alle.«

»Ich bringe Sie nach Hause«, sagte Renate spontan, und im selben Moment sah sie, wie zornig Werners Augen waren. Renate hatte zum erstenmal, seit sie zusammen arbeiteten, seine Entscheidung nicht abgewartet.

In dem Café am Bahnhof brannten matte Leuchten und verströmten warmes Licht, das gnädig den abgewetzten Plüsch der Hocker und Bänke übersehen ließ, die nicht ganz sauberen Tische, die angekitschten Aschenbecher.

Zeit für eine Tasse Kaffee und eine Zigarettenlänge – Renate nahm sie sich, nachdem sie Frau Hellweg nach Hause gebracht hatte, obwohl sie wußte, daß Werner ungeduldig auf sie warten würde, denn um halb acht begann sein Spanischkurs; er lernte Spanisch mit der gleichen kühlen Intensität, wie er alles tat.

Kühl – warum empfinde ich plötzlich alles, was er tut, als kühl und kalt? Er ist es doch nicht, dachte sie, ich weiß es doch. Ich brauche doch nur daran zu denken, was er heute gesagt hat, als ich ihm fehlendes Mitleid vorwarf.

Ich tue ihm Unrecht, seit gestern nacht tue ich ihm immer wieder Unrecht.

Nein – sie schloß die Augen, versuchte, sich sein Gesicht vorzustellen, aber seltsam, es gelang ihr nicht.

Nein, dachte sie, ich sehe ihn so anders – ich sehe ihn so, wie man einen Fremden sieht.

Aber er ist mir nicht fremd, ich kenne ihn seit meiner Kindheit.

Er wollte nie mit mir spielen, obwohl wir Nachbarskinder waren; ein Mädchen – zu blöd für ihn!

Aber dann in der Schule und ich die einzige in der humanistischen Klasse, das einzige Mädchen unter sechsundzwanzig Schülern; teure Privatschule, mein Vater hat es so gewollt. Wenn ich schon eine Tochter war, dann sollte ich wenigstens wie ein Sohn erzogen werden.

In der Schule, da hat Werner mich beschützt, da fing es an, da habe ich jede Nacht von ihm geträumt.

Und dann das Studium, und unsere erste Nacht – wir feierten sein Physikum, nur er und ich.

Es geschah so selbstverständlich, es war ja auch selbstverständlich, daß wir uns liebten, und ich hatte es gar nicht gewagt, mich darüber zu wundern, daß er mich heiraten wollte.

Verlobung – im Familienkreis, die zufriedenen Väter, Werners ein bißchen eifersüchtige Mutter;

kein Mädchen ist für meinen Werner gut genug, kein Mädchen ist jemals gut genug für den einzigen Sohn.

Verlobt – vier Jahre lang.

Warum so lange warten?

Sie selbst schob die Heirat immer wieder hinaus.

Ja, dachte sie, ich habe es immer wieder hinausgeschoben. Von Jahr zu Jahr. Warum, warum?

Renate öffnete die Augen.

Gewahrte plötzlich die schäbige Umgebung des Cafés am Bahnhof um sich – und wußte, warum.

Erkannte es in derselben Sekunde.

Ich liebe Werner nicht.

Ich habe ihn nie geliebt.

4

Sekundenlang saß Dr. Renate Ehrwald regungslos, betroffen von der eigenen Erkenntnis, daß sie Werner Hagen, ihren Verlobten, nicht liebte. Ein junger Mann, der einzige andere Gast des schäbigen Cafés am Bahnhof, betrachtete Renate neugierig – gierig. Unwillkürlich hob sie die Hand, strich über ihr Gesicht, als könne sie so seine Blicke abwischen; sie spürte, daß ihre Stirn schweißfeucht war.

Es ist nicht wahr, versuchte sie sich einzureden, es ist nicht wahr, was ich eben gedacht habe. Ich liebe Werner Hagen. Ich habe ihn doch immer geliebt. Sie hätte es am liebsten laut gesagt, um sich selbst davon zu überzeugen.

Ich bin bloß nervös, ich bin irgendwie durcheinander. Das Wetter, ja, dieses verdammte Wetter, der ewige Regen in diesem Jahr, das macht mich einfach fertig. Und überhaupt die anstrengenden letzten Tage – Frau Hellweg, die an Magenkrebs sterben würde und die sie nach Hause gebracht hatte gegen Werners Willen, gegen den Willen des besseren Arztes, der er ohne Zweifel war; ein ausgezeichneter Diagnostiker, ein blendender Praktiker, ja, das war Werner ganz bestimmt.

Aber auch er hatte Maiyong nicht helfen können.

Und wer würde Stefan Leandros helfen?

Wer würde diesem Mann helfen, den Schock zu überwinden, zum zweitenmal eine Frau, die er liebte, durch einen Unfall verloren zu haben?

Leandros hatte getrunken.

Aber hatte er genug getrunken, um betrunken zu sein, um die Gewalt über den Wagen zu verlieren, um schuldig zu werden?

Bannkreis ewiger Fragen.

Bannkreis des Mitleids. Renate vermochte es nicht, sich daraus zu lösen.

In der Klinik in Mehlem erwartete Dr. Renate Ehrwald am Abend in ihrem Büro eine große, grobknochige Frau, die mit dem rollenden R der Slawinnen sprach.

Und an ihrer Hand stand klein und zart, aber mit einem kühnen Gesicht, einem Indianerinnengesicht, und dunklen, schwermütigen Augen ein Mädchen in weißem Strickmäntelchen, das vor Renate knickste.

»Frau Doktor Ehrwald?« Die Frau schüttelte ihr die Hand mit festem Druck. »Ich bin Leonie, die Haushälterin von Herrn Leandros. Und das ist Pepita, seine Tochter.«

»Guten Tag«, sagte Renate, und das kleine

Mädchen legte eine winzige scheue Hand in die ihre und knickste noch einmal.

»Wir haben vor einer Stunde von dem schrecklichen Unglück gehört. Ich habe Pepita aus Zürich, aus dem Internat geholt, müssen Sie wissen, und zu Hause fanden wir dann die Nachricht vor. Doktor Hagen hat den Sekretär von Herrn Leandros benachrichtigt, und er erwartete uns. Wie geht es meinem Herrn?«

»Ich hoffe, Herr Leandros schläft noch«, antwortete Renate. Sie spürte die Augen des kleinen Mädchens sie mit einer Intensität prüfen, die gar nicht kindlich war. »Aber bitte, nehmen Sie doch Platz.«

»Aber es geht ihm doch gut.« Es war keine Frage. »Meinem Vater passiert nämlich nie etwas.« Pepita nickte ernsthaft. »Er hat immer Glück, müssen Sie wissen. Das sagt er selbst, deswegen ist er auch so ein berühmter Mann geworden. Er ist der beste Pianist auf der ganzen Welt.«

»Kind, du redest zuviel«, sagte Leonie und zog das kleine Mädchen auf ihren Schoß.

Pepitas Augen wichen nicht von Renates Gesicht. »Wann darf ich meinen Vater sehen?«

»Morgen«, versprach Renate.

»Bestimmt?«

»Ja, ganz bestimmt.« Renate lächelte.

»Und das Neugeborene?« fragte Leonie. »Es ist ein Sohn, nicht wahr? Die junge Frau wünschte sich einen Sohn.«

Die schwarzen Augen Pepitas schlitzten sich wie die Augen einer Katze. »Ja, bloß weil Maiyong Mädchen nicht leiden kann«, sagte sie hell und klar, »deswegen hat sie sich einen Sohn gewünscht.«

»Schscht.« Leonie gab dem kleinen Ding einen Klaps. »Still, wenn du bei Fremden bist. Du redest nur, wenn man dich fragt.«

»Ach was!« Pepita rutschte von ihrem Schoß, legte beide Hände auf die Schreibtischplatte und beugte sich vor.

In ihren dunklen Augen war mit einemmal ein fast fiebriger Glanz.

»Aber es stimmt doch, daß sie tot ist? Maiyong ist doch wirklich tot?«

»Still, Kind«, rief Leonie.

Aber das kleine Mädchen sagte mit dieser hellen, klaren Stimme:

»Ich bin froh, daß sie tot ist. Ich bin froh, und dem Himmel sei Dank.«

»Wenn du so über – deine Mutter sprichst, wirst du deinen Vater morgen früh nicht sehen können.« Renate hörte selbst, daß ihre Stimme nicht ganz sicher war; zu ungewöhnlich, zu fremdartig war dieses Kind.

»Maiyong war nicht meine Mutter, und er

weiß, daß ich sie nicht lieb hatte. Weil sie mich ja auch nicht leiden konnte.«

»Jetzt ist es genug!« Leonie stand auf und legte ihre Hand fest auf die schmale Schulter des Mädchens. »Verzeihen Sie, Frau Doktor, das Kind weiß nicht, was es redet. Ich komme morgen früh allein zurück.«

»Nein, das wirst du nicht tun!« Pepita wirbelte herum, daß die schwarzen Haare flogen. »Wenn du das tust – wenn du – « Ihre helle, klare Stimme brach in einem Schluchzen.

Am ganzen Körper zitternd warf sie sich in die Arme der großen mütterlichen Frau. »Bitte, Leonie, bitte. Bitte, straf mich nicht. Bitte, ich bin ja auch brav, ich sag ja auch nichts mehr, bitte.«

»Ist schon gut, Schäfchen, ist schon gut, ich weiß es ja.« Leonie drückte das Kind an sich und führte es nach einem gemurmelten Gruß in Renates Richtung hinaus.

Renate blieb eine Weile still hinter ihrem Schreibtisch sitzen.

Das arme Kind, das arme, arme Kind, war alles, was sie denken konnte. So klein noch, höchstens neun und schon so zerrissen von Gefühlen, die einfach zu groß und zu stark für sie waren.

Ohne Mutter aufzuwachsen, in der hektischen

Welt eines Künstlers, wahrscheinlich von einem Internat ins andere geschickt, oft, weil sie lästig war und oft, weil ihr Vater wohl einfach keine Zeit für sie gehabt hatte.

Und dann Maiyong als Stiefmutter.

Zarte, kleine Maiyong, die selbst fast noch ein Kind gewesen war.

Das Schrillen des Telefons ließ Renate aufschrecken. Sie nahm den Hörer ab.

»Ja?«

»Renate, komm bitte in den kleinen OP«, sagte Werner Hagen.

»Was ist passiert?«

»Leandros' Kind hat einen Kreislaufkollaps.«

Renate rannte den Flur entlang.

Im kleinen OP umstanden Werner, die Schwestern Gudrun und Lisbeth das Sauerstoffzelt.

Winzig klein lag das Kind darunter – blau verfärbt die zarte braune Haut.

»Seit wann?« fragte Renate und band sich hastig den Mundschutz um.

»Seit einer halben Stunde.« Werners Augen waren stumpf und glanzlos.

Dann: »Ich muß rauf in den ersten Stock. Wir haben einen Neuzugang. Einen Unfall. Übernimmst du hier?«

Renate nickte nur.

Er ging rasch hinaus.

Sie blieb neben dem Sauerstoffzelt stehen, überwachte Atmung und Puls des Kindes. Mehr konnte sie nicht tun. Niemand konnte mehr tun als das, was Werner Hagen schon getan hatte.

Der namenlose ungetaufte Sohn von Stefan Leandros und Maiyong lebte noch genau dreiunddreißig Minuten, dann hörte das Herz zu schlagen auf.

In ihrer Ordination schrieb Renate mit bebender Hand den Totenschein aus.

»Sie sollten etwas essen und sich eine Weile hinlegen, Frau Doktor«, sagte Schwester Lisbeth, die ihr hierher gefolgt war. In ihren hellen blauen Augen stand offene Sorge um sie.

Schwester Lisbeth wartete Renates Antwort nicht ab, telefonierte schon mit der Küche, daß man ihr ein Butterbrot und starken Kaffee hinaufschicken sollte.

Renate war es, als seien ihre Knie aus Gummi, während sie hinter dem Schreibtisch saß.

Schwester Lisbeth wartete noch eine Weile, aber es gab nichts mehr zu sagen oder zu tun, und so ging sie hinaus; vielleicht brauchte Dr. Hagen sie.

Renate aß das Schinkenbrot, trank von dem kochendheißen Kaffee. Sie wusch sich die Hände, kämmte ihr aschblondes Haar, zog sich die Lippen nach.

Sie blätterte in den Krankenberichten, die auf ihrem Schreibtisch lagen, heftete zwei, drei Briefe ab, die sie am Morgen erhalten hatte und die keiner Antwort bedurften.

Sie zwang sich, etwas zu tun, zwang sich, nicht untätig zu sein, um nicht nachdenken zu müssen.

Sie rief ihren Vater an, fragte nach seinen Plänen für den Abend.

Er würde außer Haus sein, bei seinem Freund, dem portugiesischen Botschafter zu einer Partie Bridge.

»Und du?« fragte er.

»Ich hab' ja Dienst«, sagte sie.

»Du hörst dich aber müde an.«

»Ein bißchen«, gab sie zu. »Es war ein anstrengender Tag.«

Sie hörte, wie ihr Vater darauf wartete, daß sie ihm mehr erzählte, aber sie tat es nicht.

»Gute Nacht«, sagte sie nur.

»Gute Nacht, Renate«, antwortete er.

Werner kam wenige Minuten später.

»Das Kind?« fragte er.

Sie senkte nur den Kopf.

Und dann konnte sie sich nicht mehr zusammennehmen, konnte es einfach nicht, sie warf sich gegen ihn und weinte. Das Schluchzen tat ihr weh, die Tränen brannten auf ihrer Haut, und doch war es eine Erlösung.

Werner streichelte ihren Rücken, er sagte nichts.

Schließlich hob sie ihr Gesicht, blickte ihn an.

»Verzeih mir«, sagte sie, »es war alles ein bißchen viel.«

Sie sah, daß er sie nicht verstand, sah zum erstenmal, seit sie ihn kannte, ratloses Unverständnis in seinen Augen.

»Laß uns am Wochenende wegfahren. Irgendwohin, nur wir beide, raus aus allem, ja? Bitte, Werner.«

»Und die Klinik?« fragte er.

»Die Klinik – Vater wird doch noch für ein, zwei Tage allein fertig werden. Bestimmt. Ich werde ihn darum bitte.«

»Wovor willst du flüchten, Renate?«

»Flüchten«, wiederholte sie tonlos.

»Ja.«

»Nein, Werner. Nein. Es ist nur – ich möchte mit dir allein sein, fern von allen, die leiden, fern von allen Kranken, einfach weg davon, versteh es doch.«

»Gut«, sagte er, »gut, wir werden übers Wochenende wegfahren.«

Werner begann zu lächeln, er beugte seinen Kopf und küßte ihren Mund.

Und mit Entsetzen, mit einem tiefen Entsetzen erkannte Renate, daß nicht einmal das sie tröstete.

Er durfte es nicht merken, und er merkte es nicht.

Renate rettete sich in einen leichten, beinahe scherzhaften Ton, als sie sagte: »Und jetzt laß mich allein, du hast heute deinen freien Abend. Oder glaubst du, ich will ihn dir vermiesen?«

»Ich werde auf dich warten«, sagte er.

»Aber, Werner, ich kann doch gar nicht fort.«

»Du kannst«, sagte er, »ich werde Lisbeth sagen, daß sie mich zu Hause anruft, falls hier irgend etwas Besonderes los ist.« Er drückte Renate noch einmal an sich, ließ sie dann los. »Arbeite nicht mehr zu lange. Sogar die Kranken schlafen. Und auch du brauchst ein bißchen Ruhe und Entspannung.«

»Gut«, sie nickte. »Gut, ich komme später zu dir.«

Werner Hagen ließ den Wagen anspringen, stieß zurück und fuhr von dem Parkplatz herunter, der für die Ärzte und Klinikangestellten reserviert war. Die Scheibenwischer malten blanke Halbmonde auf die regennasse Windschutzscheibe.

Drüben, im Erdgeschoß der Klinik, konnte Werner das erleuchtete Fenster von Renates Ordination sehen; heute stand sie nicht dort und hob winkend die Hand, bis er die Einfahrt verlassen hatte.

Dafür sah er eine eilige schlanke Gestalt in Schwesterntracht vom Hauptportal herübergelaufen kommen.

Er kurbelte das Wagenfenster herunter.

»Herr Doktor, Herr Doktor!« Es war Lisbeth; atemlos; das Haar umgab wie schwarzes Flaumgefieder ihr stets heiteres, stets lächelndes Gesicht, ihre hellen blauen Augen strahlten ihn an. »Hier, das hab' ich Ihnen mitgebracht, von meinen Eltern.« Sie drückte ihm ein kleines Paket in die Hand. »Wabenhonig, den mögen Sie doch so gern. Ich hab's heute tagsüber immer wieder vergessen, es Ihnen zu geben.«

»Schönen Dank, Lisbeth«, sagte er.

»Bitte schön.« Ihre Hand lag auf dem heruntergekurbelten Fenster. Sie blickte ihn an, als wollte sie noch etwas sagen.

»Wenn Sie nicht Nachtdienst hätten, würde ich Sie nach Hause fahren.« Er lächelte.

»Oh, danke, vielen Dank, Herr Doktor. Vielleicht ein andermal?«

»Na, dann laufen Sie wieder rein, Sie werden ja sonst ganz naß.«

»Ach ja, natürlich.« Sie strich sich flüchtig über die Schulter, die sich schmal unter dem dünnen Stoff des Schwesternkleides abzeichnete.

»Also gute Nacht, Herr Doktor.« Aber sie zögerte immer noch.

»Gute Nacht, Lisbeth, bis morgen.«

»Bis morgen, Herr Doktor.«

Sie blieb stehen, bis er das Klinikgelände verlassen hatte, eine schmale, junge Gestalt in ihrem blauen Schwesternkleid, das der Wind eng gegen ihre Beine drückte.

Und Renate hatte nicht einmal einen Blick nach draußen geworfen, als er abfuhr – wie sie es sonst immer tat.

Renate wußte, wie er auf sie warten würde.

Sie wußte, daß der offene Kamin in seinem Studio brennen würde, das ihm als Wohn- und Schlafraum diente, kaum zehn Minuten von der Klinik entfernt.

Sie kannte die weichen Polster der mit dem weichen Fell von Schakalen überzogenen Couch.

Sie kannte den leichten herben Karamelgeruch nach Bourbon-Whisky, in den sich der Rauch der dünnen schwarzen Zigarillos mischen würde, die Werner nur außerhalb des Klinikdienstes rauchte. Er würde die alten Cordhosen tragen und ein weißes Hemd mit offenem Kragen.

Er würde sie in die Arme nehmen und mit diesem Lächeln küssen, das sie so gut kannte.

Sie würde die Pumps abstreifen und so zum

Kamin gehen und die Hände über die wärmende Glut halten.

Er würde ihr den Cognac bringen, sorgsam temperiert in dem bauchigen Schwenker.

Sie würde daran nippen, eine Zigarette rauchen, sie würden über dies und das reden und versuchen, die Klinik nicht zu erwähnen.

Dann würde Werner verstohlen und doch so sichtbar gähnen, und sie würde ins Bad gehen.

Duschen, das Parfüm benutzen, das er für sie bereithielt, in den weißen flauschigen Bademantel schlüpfen und in seine Arme zurückkehren.

Nein, heute nicht!

Nichts von alldem! Renate sprang auf, lief ruhelos in ihrer Ordination hin und her.

Ich kann es nicht, dachte sie. Ich kann nicht so tun, als sei nichts geschehen.

Ich darf Werner nicht belügen, und ich darf mich selbst nicht belügen.

Und dann tat sie etwas, von dem sie eigentlich schon den ganzen Tag über gewußt hatte, daß sie es tun würde. Sie schloß den Schrank auf, in dem die Krankenberichte und Krankenkarteien der Patienten der Klinik verwahrt wurden.

Sie fand Leandros' Krankenblatt schnell.

Werner hatte es ausgefüllt – mit seiner energischen steilen Schrift – und unterzeichnet.

Die Unfallverletzungen waren angegeben und die Tatsache, daß Leandros Alkohol im Blut gehabt hatte, als der Unfall geschah, durch den seine Frau Maiyong und schließlich auch ihr namenloser ungetaufter Sohn ums Leben gekommen waren.

Selbst wenn dies keine gerichtlichen Folgen haben würde, was aber zu bezweifeln war – ein unbedachtes Wort an die Presse, und es würde einen Skandal geben.

Renate schloß die Tür ihrer Ordination ab.

Sie kehrte zu ihrem Schreibtisch zurück.

Lange blickte sie auf das Krankenblatt Stefan Leandros', das Werner Hagens Unterschrift als verantwortlicher Arzt trug.

Werners Unterschrift – die, zumindest was die Karriere Leandros' betraf, sein Todesurteil bedeuten konnte.

Und hatte er nicht genug gelitten, hatte dieser Mann mit den schwermütigen Augen nicht schon genug verloren – die erste und die zweite Frau durch einen Unfall, und dann den neugeborenen Sohn, den er nie gesehen hatte?

Was ihm blieb, war Pepita, ein liebenswertes, aber auch schwieriges Kind.

Was ihm noch blieb, war seine Karriere, sein Ruhm, sein Erfolg. Wenigstens das sollte ihm doch erhalten bleiben.

Ein neues Krankenblatt anfertigen, die Tatsache verschweigen, daß Leandros zum Zeitpunkt des Unfalls getrunken hatte.

Um damit weiteres Unheil zu verhindern.

Das war es, was Renate glaubte, tun zu müssen.

Mit ungelenker, weil nervöser Hand begann sie die Unterschrift ihres Verlobten, Dr. Werner Hagen, zu üben, nachzuahmen.

5

Es war drei Uhr morgens, als Dr. Renate Ehrwald unter das ›korrigierte‹ Krankenblatt von Stefan Leandros den Namenszug ihres Verlobten, Dr. Werner Hagen, setzte.

Ihre Augen brannten, ihre Hände waren eiskalt.

Sie dachte: Ich habe ein Verbrechen begangen, ich habe Werners Unterschrift gefälscht – und ich bin dennoch glücklich. Denn ich rette damit einem Menschen das Leben – oder das, was ihm davon überhaupt noch übriggeblieben ist.

Sie konnte ihre Augen nicht von dem Blatt lösen. Schließlich trug sie es in den Schrank zurück, in dem die Krankenkarteien verwahrt wurden, schloß ihn wieder ab.

Im selben Moment klingelte das Telefon.

Renate stand sekundenlang regungslos. Dann war sie mit zwei Schritten beim Schreibtisch, nahm den Hörer ab.

»Renate?« Werners Stimme klang besorgt. »Wo bleibst du denn? Was ist denn passiert?«

»Passiert?« wiederholte sie heiser und räusperte sich. »Nichts, Werner ich, ich – «

»Seit Stunden warte ich auf dich!«

»Entschuldige bitte.«

Sie konnte deutlich seinen Atem hören, aber er sagte nichts. Er wartete auf eine Erklärung.

»Ich – ich glaube – ich bleibe lieber hier, jetzt, meine ich«, sagte sie unsicher. »Es ist schon so spät.«

»Wenn du meinst – «, antwortete er nach einer endlosen Weile, es klang kühl und gelassen.

»Werner – «

»Ja?« fragte er.

»Du bist mir nicht böse?«

»Warum sollte ich dir böse sein? Also bis morgen.«

Aber so kühl, wie er sich angehört hatte, wie er seine Stimme gezwungen hattc, zu klingen, war Dr. Werner Hagen ganz und gar nicht.

Er legte den Telefonhörer aus der Hand, und der zeigte deutlich den Abdruck seiner Finger. Er blickte auf den Aschenbecher, der von halbgerauchten, ungeduldig ausgedrückten Zigaretten überquoll. Er blickte auf die Flasche Bourbon, die er ohne es zu merken bis zur Hälfte geleert hatte.

Und dabei war er nüchtern, ganz klar.

Er hätte sich die Nebel des Alkohols gewünscht, um nicht denken zu müssen, um nicht mehr an Renate denken zu müssen.

Sie hat sich in diesen Kerl verliebt, dachte er, in diesen Künstler, in diesen Pianisten, diesen Leandros.

Er sah es plötzlich ganz klar – seine Hand zuckte wieder nach dem Telefon.

Frag sie doch danach! Sag es ihr doch auf den Kopf zu!

Aber er wußte, daß sie es nicht zugeben würde, nicht zugeben konnte, weil sie sich selbst vor dieser Erkenntnis scheuen würde.

Denn in drei Monaten wollten wir heiraten, dachte er bitter, in knapp drei Monaten.

Er zündete sich eine frische Zigarette an, goß sich einen frischen Bourbon ein.

Werner Hagen sah das Morgenrot über den Dächern der Häuser aufziehen, die Hügel auf der anderen Seite des Rheins in Flammen tauchen. Er fand keine Stunde Schlaf in dieser Nacht.

Am Wochenende flohen sie geradezu aus der Klinik.

Renates Vater, Professor Ehrwald, hatte sich bereit erklärt, den Dienst zu übernehmen. Wichtige Fälle, die eine Operation erforderten, standen nicht an, und wenn etwas Unvorhergesehenes geschehen sollte, so hatte Professor Ehrwald immer noch die Adresse in der Eifel, wo er sie erreichen konnte.

Der ›Forellenhof‹ lag hoch über der Ruhrtalsperre. Altes Holz, alte bleigefaßte Scheiben, dämmrige Zimmer, in denen es nach frischgestärktem Leinen und den roten Äpfeln in der Obstschale auf dem Nachttisch roch.

Es regnete vom Samstagmorgen bis Sonntagabend.

Renate und Werner waren die einzigen Gäste, und das Wiederzueinanderfinden, das sie sich erhofft hatten, erstickte in dem Zwang, aufeinander angewiesen zu sein, keine, aber auch gar keine Ablenkung von sich selbst zu haben.

Und doch – in der Nacht von Sonntag auf Montag fanden sie noch einmal zusammen.

In einer verzweifelten, stummen, das Glück, die Liebe erzwingen sollenden Umarmung.

»Ich liebe dich«, sagte Renate in der Dunkelheit, »ich liebe dich, Werner.«

Aber warum weinte sie hinterher, als sie glaubte, er schliefe?

Am Montagmorgen um sechs fuhren sie nach Bad Godesberg in die Klinik zurück; zwei dringende Operationen standen an, dann kam wieder die übliche Krankenhausroutine, und sie hatten keine Zeit mehr, an sich selbst zu denken.

Am Mittwoch darauf wurde Stefan Leandros aus der Klinik entlassen.

Werner Hagen verabschiedete ihn ohne Bedauern; zwischen ihnen war eine naturgegebene Rivalität – hier der sensible, nervöse Künstler, da der nüchterne, stets kühl überlegene Arzt.

Stefan Leandros war noch magerer geworden, sein Gesicht war das eines Asketen und eines Magiers zugleich, seine dunklen Augen brannten in einem fiebrigen Glanz.

Leonie, die Haushälterin, und seine Tochter Pepita holten ihn mit der von einem ältlichen Chauffeur gefahrenen silbergrauen Limousine ab.

Renate Ehrwald blickte aus dem Fenster ihrer Ordination dem Wagen nach, bis er das Klinikgelände verlassen hatte.

Sie dachte mit einem Gefühl unerklärlicher Mutlosigkeit: Ich werde ihn nie mehr wiedersehen.

Schwarze Limousinen flankierten den Friedhofseingang, so weit das Auge reichte.

Ein langer Zug feierlich schwarzgekleideter Herren und Damen folgten dem Sarg Maiyongs, der unter exotischen Blüten kaum sichtbar war, und dem kleinen, weißen, in dem ihr Sohn in der Familiengruft der Leandros' bestattet werden sollte.

Kaum einer der Trauergäste hatte Maiyong

gekannt; aber sie war die Frau des Mannes mit dem berühmten Namen gewesen, den jeder kannte.

Und deshalb gab man ihr das letzte Geleit.

Renate kam, als die Gebete des Priesters schon in den Himmel stiegen, schwer erklimmbare Stufen für eine Frau, die nur ihrem Mann zuliebe Christin geworden war.

Renate hielt sich ganz im Hintergrund; die Blumen, die sie mitgebracht hatte, ein Sträußchen Parmaveilchen, wurden ihr von nachdrängender eiliger Prominenz aus den Händen gestoßen, die Blüten von hochglanzpolierten schwarzen Schuhen achtlos zertreten.

Renate wandte sich schon zum Gehen, als plötzlich eine kleine Hand sich in die ihre schob.

Überrascht blieb sie stehen. »Pepita!«

Pepita im schwarzen Taftkleidchen, weißen Florstrümpfen und winzigen Lackschuhen lächelte strahlend zu ihr auf. »Frau Doktor, ich habe sie sofort erkannt! Die Beerdigung ist gleich vorbei. Fahren Sie mit mir nach Hause?«

»Aber Pepita, du mußt zurück zu deinem Vater gehen, er wird dich suchen.«

Die schwarzgekleideten Herren und Damen kondolierten Stefan Leandros und verbargen ihn vor Renates Augen.

»Ach was«, sagte Pepita, »Vati muß jede Menge Hände schütteln. So ist das nun mal, bei einer Beerdigung.« Sie zupfte an Renates Fingern. »Magst du mich eigentlich leiden?«

»Aber ja, natürlich«, sagte Renate verwirrt.

»Na also«, das kleine Mädchen lachte befriedigt, »ich dich auch. Warum warst du nicht da, als ich meinen Vati aus der Klinik abgeholt habe? Er hat dich auch vermißt.« Etwas Schlaues, Prüfendes zuckte in den schwarzglänzenden Augen des Kindes auf. »Er sagt, er habe dir viel zu verdanken.«

»Das sagt man meistens über den Arzt oder die Ärztin, die einen behandelt haben«, antwortete Renate, immer noch verwirrt und verlegen; sie spürte deutlich, daß sie diesem Kind nicht gewachsen war.

»Aber er hat es anders gemeint«, sagte Pepita ernsthaft, »ich kenne ihn. Weißt du, die meisten Leute sieht mein Vati gar nicht richtig, ich meine, er vergißt sie sofort wieder. Das ist so bei Künstlern, weißt du, die können keinen unnötigen Ballast in ihrem Leben gebrauchen, und viele Menschen sind für einen Künstler überflüssiger Ballast. Aber wenn mein Vati sich an einen Menschen erinnert und von ihm spricht, dann mag er ihn gut leiden. Also wie ist es, kommst du gleich mit mir nach Hause? Ich möchte dir gern meine Puppen zeigen. Leonie hat mir ein Krankenhaus gekauft, eine ganz richtige Puppenklinik. Margueritte hab' ich schon den Bauch aufgeschnitten. Aber da war gar nichts drin.«

»Ein andermal«, sagte Renate, »weißt du, ich kam eigentlich nur zufällig hier vorbei und – «

»Sie würden auch mich sehr zu Dank verpflichten, wenn Sie uns nach Hause begleiten würden«, sagte die dunkle Stimme von Stefan Leandros neben ihr. »An diesem Tag...«

Renate hob den Kopf, sah ihn an.

Er nahm ihre Hand aus der seiner Tochter, hielt sie mit festem Druck. »Ich danke Ihnen, daß Sie hierhergekommen sind. Und bitte«, er legte seinen Arm um Pepitas Schultern, die geradezu winzig neben seiner schlanken, großen Gestalt wirkte, »machen Sie uns die Freude, uns zu begleiten.«

Renate konnte nur nicken.

Zwischen Leandros und Pepita, die ganz unfeierlich neben ihr herhüpfte, verließ sie den Friedhof.

Renate war sich sehr wohl der vielen neugierigen, wißbegierigen, klatschsüchtigen Blicke bewußt, die ihnen von den anderen Trauergästen, die einer nach dem anderen mit ihren Wagen ausscherten und davonfuhren, folgten.

Und sie hatte sich selten so unsicher, so verwirrt, so unbeholfen gefühlt.

Das Haus der Leandros war genauso, wie Renate es aus den Plänen ihres Vaters, der es entworfen hatte, kannte; sie hatte diese Pläne heimlich und geradezu schuldbewußt, aber dennoch nicht widerstehen könnend, eines Abends studiert.

Es war eine große, in der Vollkommenheit der Proportionen zeitlos schöne Villa mitten in einem wunderschönen Park gelegen, der selbst das grelle Pfeifen und Tuten der Rheinschiffe ausschloß.

Silbrige Kieswege teilten weite, sanfthügelige Rasenflächen, allerletzte Rosen blühten flammend rot.

Leonie nahm ihnen in der hohen, mit einem einzigen kostbaren französischen Gobelin geschmückten Halle die Mäntel ab; nicht ein Liderzucken verriet, daß sie etwa überrascht über Renates Besuch war.

Strahlend, als sei dieses einzig und allein ihr Werk, führte Pepita Renate in einen kleinen Salon, in dem der Teetisch gedeckt war; nach englischer Manier gab es Sardellenbrötchen, winzige Käsesandwiches, noch warmes, duftendes Gebäck, kandierte Früchte.

»Es ist eine Sitte, die ich mir in den Studienjahren in London angewöhnt und nie wieder abgelegt habe.« Leandros lächelte; hier in seiner ureigensten Umgebung wirkte er ruhiger, gelassener, nicht so dunkel, nicht so geheimnisvoll, wie

Renate ihn erlebt hatte. »Tee zu jeder Tageszeit – und ganz bestimmt, wenn ich von irgendwoher nach Hause komme.«

»Maiyong mochte das gar nicht«, sagte Pepita.

Ein Schatten fiel über Leandros' Gesicht.

»Sie hat immer gesagt, das ist so altmodisch, so steif-englisch!« plapperte Pepita.

»Maiyong mochte die Engländer nicht«, sagte Leandros, als müsse er sie verteidigen. »Ihre Familie hat Häßliches unter britischer Regierung erlebt.«

Pepita nahm, als sei es die selbstverständlichste Sache der Welt, die Pflichten der Hausherrin wahr; sie schenkte den Tee ein, fragte lächelnd: »Milch und Zucker?«, bot Renate von den Sardellenbrötchen an.

»Besuchst du uns jetzt oft?« fragte Pepita dann, wiederum ganz übergangslos.

»Ich habe so wenig Zeit«, versuchte Renate auszuweichen.

Pepita blickte sie forschend an. »Ist das der einzige Grund? Oder magst du auch keine Kinder?«

»Doch, ich mag Kinder sehr gern«, sagte Renate schnell.

»Weißt du, du könntest es ruhig zugeben, meine richtige Mutter hat nämlich keine Kinder gemocht, und Maiyong auch nicht. Ich meine, ich bin schon daran gewöhnt. Bloß – du, du bist doch anders als die, nicht?«

Stefan Leandros räusperte sich. »Ich glaube, Pepita, es wird Zeit, daß du zu Leonie gehst.«

»Ach bitte, nur noch ein Weilchen«, flehte das kleine Mädchen, »ich will Frau Doktor doch noch meine Puppen zeigen und meine Puppenklinik, und den Garten und die Gewächshäuser und mein Pony – «

»Später«, sagte Stefan Leandros bestimmt. »Ein andermal.«

Pepita rutschte folgsam, wenn auch mit zitterndem Mund und von Tränen glänzenden Augen, von ihrem Stuhl.

Ihr Blick ging von ihrem Vater zu Renate, blieb bittend an ihr hängen. »Kommst du denn bestimmt wieder?« fragte sie und war nur noch ein kleines, einsames Mädchen, das flehentlich um Zuneigung bat.

»Bestimmt«, versprach Renate.

»Dann ist es gut.« Pepita lachte schon wieder. »Darf ich dir einen Kuß geben, als Versprechen?«

Sie wartete Renates Antwort nicht ab, schlang fest die Arme um ihren Hals, küßte sie auf die Wange und hüpfte dann schnell hinaus.

»Sie müssen ihr verzeihen«, sagte Leandros, weil Renate schwieg. »Pepita ist nur in Internaten groß geworden, und Leonie geht häufig sehr rauh mit ihr um.«

»Ich verstehe es«, sagte Renate. »Ich war auch – viel allein als Kind.«

»Werden Sie uns wieder besuchen?«

Sie wußte nicht, was sie antworten sollte.

»Ich weiß – es ist – es mag seltsam klingen, gerade an diesem Tag. Aber auch ich würde mich freuen.«

Renate hob den Blick.

»Bitte«, sagte Leandros leise.

Sie sah in den dunklen Augen des Mannes die gleiche Verlorenheit, die gleiche Bitte um Zuneigung wie in den Augen Pepitas.

»Ich habe wirklich wenig Zeit«, versuchte sie ein letztes Mal auszuweichen.

»Ich weiß«, sagte er.

»Aber wenn es geht – wenn es sich einrichten läßt – « Sie konnte seine Augen nicht mehr ertragen, sie wandte rasch ihr Gesicht ab und sah zum erstenmal das Bild über dem Kamin.

Es war ein Porträt Maiyongs, der zarten, blumengleichen, viel zu früh gestorbenen Maiyong.

Und Maiyong lächelte sie an, als wolle sie ein Geheimnis mit ihr teilen.

Das Geheimnis – Stefan Leandros zu lieben, einen Mann wie ihn zu lieben? War es das?

Renate konnte nicht aufhören, daran zu denken, als Leandros' Wagen sie zurück in die Klinik brachte.

Werner Hagen erwartete sie in ihrem Zimmer.

Er stand so, daß sich sein Gesicht und seine Gestalt dunkel von dem hellen Fenster abhoben.

»Ich brauche wohl nicht zu fragen, woher du kommst«, sagte er kalt.

Renate schloß langsam die Tür hinter sich, machte einen Schritt ins Zimmer hinein. Sie zog ihre dünnen schwarzen Glacéhandschuhe aus, schlüpfte aus ihrem Mantel.

»Ich war auf Maiyongs Beerdigung«, sagte sie und hörte selbst den trotzigen Ton in ihrer Stimme. »Hast du etwas dagegen?«

»Und Leandros' Wagen hat dich natürlich zurückgebracht?«

»Ich habe mit Herrn Leandros und seiner Tochter Tee getrunken.«

»Wie reizend. Und wann wirst du ihn wiedersehen?«

»Werner, was soll das?« Sie spürte Zorn in sich aufsteigen, Zorn und gleichzeitig Schuldbewußtsein. »Soll das ein Verhör sein?«

»Du hältst mich wohl für dumm«, sagte er, »und glaubst, du kannst mit mir machen, was du willst?«

»Ich verstehe dich nicht«, sagte sie und zündete sich eine Zigarette an. Sie lehnte sich gegen die Kante des Schreibtisches, blätterte flüchtig die Korrespondenz durch, die noch ungeöffnet vom Morgen dalag.

»Du verstehst mich sehr gut«, sagte er, »vom ersten Augenblick an, als dieser Kerl hier in die Klinik kam, warst du verändert. Vom ersten Moment an hast du durchgedreht.«

»Du weißt ja nicht mehr, was du redest!«

»So, weiß ich das nicht?« Werner war mit einem Schritt bei ihr, packte sie bei beiden Armen, starrte ihr ins Gesicht.

»Werner, die Zigarette!«

Sie war ihr aus der Hand gefallen, er trat sie achtlos mit dem Absatz aus.

»Warum hast du das getan?«

»Was?« versuchte Renate auszuweichen, ein letztes Mal, ein allerletztes Mal; sie wußte es gut genug.

»Du hast sein Krankenblatt gefälscht, du hast meine Bemerkung, daß er getrunken hatte, fortgelassen, und du hast meine Unterschrift daruntergesetzt.«

»Werner, ich kann es dir erklären – «

»So – und wie?« Seine Hände umkrampften schmerzhaft ihre Arme.

Renate konnte nicht anders, sie schrie auf.

»Da gibt es doch nichts mehr zu erklären«,

sagte er tonlos und so heiser, daß sie seine Worte kaum verstand. Er trat einen Schritt zurück und wandte sich ab. »Da gibt es doch gar nichts mehr zu erklären, Renate.«

6

Es war sekundenlang sehr still in dem kleinen Raum, der Dr. Renate Ehrwalds Ordination in der Klinik war. Nur das Knistern in der Heizung war zu hören und von draußen das sanfte Rauschen des Windes und das Prasseln des Regens gegen die Fensterscheiben.

Die Sonne hing rot und rund zwischen grauen Wolken über den ersten kahlen Zweigen der Eiche rechts vom Kliniktor.

»Seit wann weißt du es denn?« fragte Renate tonlos.

»Was?« Dr. Werner Hagen, der Mann, den sie in drei Monaten heiraten sollte – Weihnachten heiraten sollte –, sah sie mit Augen an, in denen sie nichts als frostige Verachtung las.

»Das mit der – Korrektur?« Sie brachte es nicht über sich, das Wort ›Fälschung‹ auszusprechen, obwohl es genau das war, was sie getan hatte: Sie hatte Stefan Leandros' Krankenblatt gefälscht.

»Seit heute morgen.« Werner drehte sich abrupt um, starrte wieder zum Fenster hinaus, direkt in die rote, runde Sonne hinein, wie es ihr schien.

»Heute morgen?«

Ja, während du mit Leandros zusammen warst!«

Hagen war gerade auf dem Weg in den OP gewesen.

»Herr Doktor.« Schwester Lisbeth kam ihm nachgelaufen.

»Was gibt es?« fragte er ziemlich barsch, denn er liebte es nicht, vor einer Operation mit irgendwelchen anderen Dingen behelligt zu werden.

»Ein Kommissar ist da. Ein Kommissar Pathmann. Er möchte Sie oder Ihre – das Fräulein Doktor sprechen.«

»Warum?«

»Der Kommissar sagt, es sei nur ein Routinebesuch.«

»Dann muß er warten. Bis ich operiert habe!« Werner Hagen wandte sich ab, betrat den OP.

Aber irgend etwas zwang ihn, sich noch einmal umzusehen, und da stand Schwester Lisbeth noch, und er hätte schwören mögen, daß Tränen in ihren Augen schimmerten. Aber er hatte Wichtigeres zu tun, um sich den Kopf über die Tränen einer Frau zu zerbrechen! Er warf einen Blick auf die große elektrische Uhr im OP, halb elf.

Der Patient war schon narkotisiert.

Die Operation – ein komplizierter Leistenbruch bei einem ganz jungen Mann – begann.

Dr. Werner Hagen vergaß Schwester Lisbeth, und er vergaß den Kommissar.

Kommissar Pathmann machte einen behäbigen, in Schwester Lisbeths Augen gar einen etwas dümmlichen Eindruck.

»Der Herr Doktor operiert jetzt«, erklärte sie ihm, »er bittet Sie, zu warten.«

»Ach, wissen Sie, Schwester, das wird gar nicht nötig sein.« Kommissar Pathmann zog umständlich eine Zigarre hervor, dick und schwarz, und biß die Spitze ab. »Ja, also...«

»Es tut mir leid, Herr Kommissar, aber Rauchen ist hier nicht erlaubt«, unterbrach ihn Schwester Lisbeth bestimmt.

»So – na schön.« Der Kommissar nickte, steckte die Zigarre wieder ein. »Schwester, wissen Sie, ich bin ja nur zur Routine hier. Da hatten Sie doch einen Patienten, nicht wahr? So einen großen Künstler? Den Herrn Stefan Leandros?«

»Ja?« sagte Schwester Lisbeth fragend.

»Na, und der hatte doch einen Unfall. Sehen Sie, ich möchte mir nur einmal sein Krankenblatt anschauen, ob er wohl was getrunken hatte, als der Unfall passierte, das verstehen Sie doch?«

Der Kommissar fragte:

»Die Krankenblätter verwaltet Frau Dr. Ehrwald.«

»Und die ist auch nicht da?«

»Nein.«

»Na, wie wär's denn, wenn Sie mir das Krankenblatt zeigten?«

Schwester Lisbeth fuhr sich rasch überlegend mit der Zungenspitze über die vollen, blaßroten Lippen. Sie wußte nicht genau, was sie tun sollte oder tun durfte in diesem Fall. Sie war noch nicht allzulange in ihrem Beruf als Schwester tätig, und mit der Polizei hatte sie noch nie etwas zu tun gehabt.

Aber, so dachte sie, der Kommissar hatte sich ausgewiesen, und wenn das alles war, was er verlangte – das Krankenblatt von Stefan Leandros zu sehen... Dr. Hagen würde ihr gewiß noch dankbar sein, wenn sie den Kommissar abgewimmelt hatte.

»Gut«, sie lächelte, »ja, ich glaube, ich darf Ihnen das Krankenblatt zeigen.«

Und sie führte den Kommissar aus dem Besuchszimmer in die gegenüberliegende Ordination von Dr. Renate Ehrwald. Sie öffnete den Karteischrank, in dem die Krankenblätter der Patienten verwahrt wurden.

Der Kommissar las das Krankenblatt von Stefan Leandros aufmerksam durch, nickte dann und sagte, wobei er zum erstenmal lächelte: »Ich danke Ihnen, mein Fräulein. Sie haben dem vielbeschäftigten Herrn Doktor und auch mir viel Zeit erspart. Es ist demnach alles in bester Ordnung!«

Und damit ging er.

Nach der Operation, während Schwester Lisbeth Dr. Hagen aus dem Kittel half und ihm das Handtuch bereithielt, als er seine Hände unter dem dampfendheißen Wasser schrubbte, berichtete sie ihm vom Verlauf des Besuches von Pathmann.

»Sie haben ihm das Krankenblatt von Leandros gezeigt?« fragte Dr. Hagen.

»Ja, ich dachte mir, ich erspare Ihnen Zeit, und genau das hat der Kommissar auch gesagt. Und er hat auch hinzugefügt, daß ja alles in Ordnung sei.«

Zum zweitenmal an diesem Tag ließ Dr. Werner Hagen die junge Schwester Lisbeth einfach stehen und eilte diesmal in Renates Ordination.

Er riß das Krankenblatt von Stefan Leandros aus dem Schrank – und sah auf den ersten Blick:

Es war gefälscht.

Es trug *seine* Unterschrift und war gefälscht!

Und der Fälscher hatte die Erwähnung des Alkohol-Promille-Gehalts im Blut von Stefan Leandros nach dem Unfall mit 0,7 eingesetzt – also unter der ›Gefahrengrenze‹.

Hagen fuhr jetzt herum. Wieder starrte er Renate mit diesen kalten grauen Augen an.

»Ich wußte sogleich, daß nur du es getan haben konntest.«

Sie senkte den Kopf.

»Nur du!«

»Werner – ich – «

»Niemand sonst würde so etwas wagen.« Er ließ Renate nicht zu Worte kommen. »Nicht einmal Leandros selbst, aber du! Eine Frau, die sich in ihn vergafft hat. Ja, du hast dich in ihn vergafft! Seit du ihn zum erstenmal gesehen hast, bist du wie ausgewechselt. – Werner, ich liebe dich – weißt du noch, daß du das gesagt hast in unserer letzten Nacht in der Eifel? Aber da hast du schon an ihn gedacht. Ja, du hast an ihn gedacht. Du warst so wild, so unbeherrscht, und ich hab' da schon geahnt, daß es nicht mir galt!«

»Findest du nicht, daß das geschmacklos ist?« fragte Renate leise. Sie hielt den Kopf gesenkt, konnte seine Augen nicht mehr ertragen.

»Möglich! Das ist mir egal. Du verstehst das natürlich auch nicht. Du verstehst nicht, daß ich die Beherrschung verliere. Du bist mir ja so gleichgültig, nicht wahr? Weißt du noch, wie du mich gefragt hast, wie ich dich beschreiben würde? Und du hattest dann nur ein Lächeln für meine Beschreibung. Ja, ich weiß, ich kann keine großen Worte machen, kein Gerede, aber ich habe dich geliebt. Ach was, ich liebe dich noch, und ich will dich heiraten. Und deswegen erklär' mir, verdammt noch mal, warum du Leandros' Krankenblatt gefälscht hast!«

Werner hatte Renates Arm gepackt. Er schüttelte sie.

»Sieh mich an, Renate, sieh mich an!«

Sie sah ihn an.

»Ich habe Mitleid mit Leandros gehabt«, sagte sie. »Mit ihm und mit seiner Tochter.«

»Was für einer Tochter?«

»Mit Pepita. Sie hat niemanden außer ihm. Sie ist sehr unglücklich. Und sehr klug für ihr Alter, sie würde es nie verwinden, wenn ein Schatten auf ihren Vater fiele, den sie so verehrt.«

»Leandros ist schuldig geworden!«

»Bist du dessen so sicher, und wenn ja, hat er nicht genug gebüßt?«

»Und dieser arme, bedauernswerte Mensch ist nebenbei auch noch ein faszinierender Mann?«

»Ja«, sagte Renate ruhig und fast trotzig, »ja, das ist er. Aber anders, als du denkst, ganz anders.«

»Du hast seinetwegen meine Unterschrift gefälscht, du hast seinetwegen unser gegenseitiges Vertrauen aufs Spiel gesetzt.«

»Ich habe ein paarmal versucht, mit dir darüber zu sprechen, dich zu überzeugen – «

»Renate, warum? Warum hast du es getan?«

»Aus Mitleid«, sagte sie müde. »Und bitte, laß mich jetzt los, bitte.«

Werners Hände ließen sie los. Er trat einen Schritt zurück, aber er wandte keinen Blick von ihrem Gesicht.

Renate wandte sich ab, fuhr sich durch das glatte blonde Haar, stand sekundenlang noch zögernd da, dann griff sie nach dem Telefon, wählte die Eins, die sie mit der Zentrale verband.

»Bitte, geben Sie mir die Kriminalpolizei«, verlangte sie dann.

Werner Hagen schlug die Telefongabel herunter.

»Bist du wahnsinnig? Das würde doch alles noch schlimmer machen.«

»Ich will nicht dein Gewissen auch noch belasten«, sagte Renate.

»Wolltest du es wirklich – meinetwegen tun?« Plötzlich sah Hagen verwirrt aus, Röte schob sich in seine Wangen. »Meinetwegen?« wiederholte er ungläubig.

»Ja«, sagte Renate, »deinetwegen.«

Er nahm sie in die Arme, er preßte sie an sich.

Sie schloß die Augen, spürte seinen Mund in ihrem Haar, auf ihrer Wange, ihrem Hals.

»Du weißt doch, daß ich dich liebe«, flüsterte er, »du weißt doch, daß ich alles für dich tun könnte. Warum hattest du kein Vertrauen?«

»Verzeih mir«, murmelte sie, aber so sehr sie

sich auch selbst gegen diese Erkenntnis wehrte, es war nur ein Lippenbekenntnis.

»Wir wollen gar nicht mehr darüber reden, wir wollen es vergessen, nicht wahr?« bat Werner Hagen.

»Ich danke dir«, flüsterte Renate, aber auch das war nicht ehrlich; genausowenig wie die Bitte um Verzeihung. Sie hatte nur den einen Wunsch, in Ruhe gelassen zu werden.

Renate versuchte verzweifelt, zu ihrer Liebe zu Werner Hagen zurückzufinden, die ihr Sicherheit und Zufriedenheit geschenkt hatte, solange sie denken konnte.

Sie zwang sich, an Werner Hagen zu denken, bevor sie einschlief. Sie zwang sich, mit dem Gedanken an ihn zu erwachen.

Der Herbst verrann fast unmerklich in den Winter.

November, und es fiel der erste Schnee.

Sie fuhr mit Werner Hagen übers Wochenende nach Winterberg zum Skilaufen.

Die endlosen Nächte in der Pension ›Auf dem Berg‹.

Nächte, in denen seine Hände so warm vor lauter Zärtlichkeit waren und ihr Körper so kalt blieb.

Nächte, in denen sie verzweifelt die Liebe zurückwünschte.

Die sichere, die ruhige, die planmäßige Liebe, unter der die Zukunft wie ein überschaubares, sanftes grünes Tal war.

Aber es war Stefans Gesicht, das sie in ihren Tränen sah, es war Leandros, nach dem sie verlangte.

Und es war sein Name, der sich in der Umarmung mit Werner auf ihre Lippen drängte.

Inzwischen entstand auf dem Rodderberg ihr Haus.

Das Haus, in dem sie und Werner leben sollten, wenn sie erst verheiratet waren.

Hier sollten sie eine Familie gründen. Vier Kinder wollte Werner Hagen. Zwei Jungen und zwei Mädchen.

Als wenn das so auf Bestellung ginge, dachte Renate beinahe haßerfüllt. Und doch war es kaum zwei Monate her, daß sie Werners Wünsche voll und ganz geteilt hatte.

Und sie wählte auch jetzt die Tapeten mit ihm zusammen aus für das Haus – auch für die Kinderzimmer, blaue Schaukelpferde und rote Reiter.

Und den hellgelben Marmor für den Kamin in ihrem Arbeitszimmer.

Und das ›Witwenbett‹, wie Werner es scherzhaft nannte, eine schmale harte Liege, die sie in eben ihrem Arbeitszimmer aufstellen ließ, für den Fall, daß sie nachts einmal lange arbeiten und Werner dann nicht mehr stören wollte.

Ihr Vater hatte die Pläne für den Bungalow entworfen, er hatte ihnen auch das Grundstück, von alten Ulmen und Birken bestanden, geschenkt.

Aber Werner Hagen finanzierte das Haus, und er war so stolz darauf, mein Gott, war er stolz darauf!

Nur Renate konnte sich nicht freuen.

Nur sie sah mit hilflosem Entsetzen, wie ein Tag in den anderen rann – graue Novembertage, erster Schnee, schnell herangetrieben von einem kalten Wind, der vom Osten kam. Dann wieder Regen und Nebel, und immer die Routine der Klinik, Tag für Tag, und dann plötzlich Dezember, und es war der erste verkaufsoffene Samstag.

Renate fuhr allein nach Bonn. Sie wollte die Geschenke für Werner und ihren Vater besorgen.

Und ein anderes Geschenk, ein Geschenk für ein kleines Mädchen, das Pepita hieß und sie mit großen schwarzdüsteren Augen gefragt hatte: Magst *du* wenigstens Kinder?

Einmal, nur ein einziges Mal wollte sie Pepita noch sehen.

Und Stefan Leandros.

Ja, auch Stefan Leandros.

Gerade ihn.

Noch einmal, das letzte-, das allerletztemal, bevor sie Werner Hagen heiratete.

Renate holte die Weißgoldmanschettenknöpfe mit den Sternsaphiren ab, die sie für Werner hatte arbeiten lassen, dann die sechs gerahmten Stiche von Alt-Godesberg für ihren Vater.

Sie kaufte schließlich nach langem Zögern und Nachdenken eine handkolorierte wunderschöne Ausgabe von ›Alice im Wunderland‹ für Pepita.

Renate sah die hastigen, nervösen, müden oder aufgeregten, ärgerlichen, aber auch die Freude am Schenken widerspiegelnden Gesichter von Männern und Frauen und Kindern um sich, und sie dachte beinahe verzweifelt, ich wünschte, Weihnachten wäre schon vorbei.

Weihnachten und meine Hochzeit.

Die hohe Zeit – mit einem Mann, von dem ich nicht weiß, ob ich ihn noch liebe.

Sie setzte rasch ihre Sonnenbrille auf, während sie das Buch für Pepita bezahlte.

Die Verkäuferin blickte sie verwundert an, hielt sie wohl für blasiert.

Eine junge Frau in einem Naturnerz, der selbst das trübe Bonner Winterlicht zu grell war?

Renate war froh, daß ihr Vater nicht zu Hause war, als sie zurückkam. Sie würde ein Bad nehmen, einen Tee mit Cognac und zwei Schlaftabletten.

Schlafen, nichts als schlafen, den Zwiespalt ihrer Gefühle vergessen.

Sie starrte in den Spiegel in der Diele. Dämmriges Licht malte Schatten unter ihre Augen.

Denk nicht an Werner – denk nicht an Leandros.

Warum mußte das geschehen?

Warum mußte sich die Sicherheit meines Lebens in trügerisches Glatteis verwandeln?

Wen liebe ich?

Mein Gott, wen?

In ihrem Wohnzimmer, auf dem niedrigen Glastisch sah sie einen verschwenderischen Strauß cremegelber und lackroter Tulpen stehen, eine Karte lehnte daran in einem schlichten weißen Kuvert.

Die Handschrift großzügig, aber sehr nervös – nie gesehen.

Renate riß den Umschlag auf.

Haben Sie uns vergessen? Wir haben versucht, die Zeit des Anstands einzuhalten, las sie, *aber niemand würde sich mehr freuen, Sie heute – es ist doch ihr freier Tag? – bei uns zum Tee zu sehen*

als ihr Stefan Leandros und Pepita.

Ein Blick auf die Uhr.

Halb sieben.

Teezeit längst vorbei.

Sie war in der Stadt gewesen, hatte nutzlose Stunden verbummelt. Und er hatte auf sie gewartet!

Das Buch, ›Alice im Wunderland‹, mußte die Entschuldigung sein, warum sie so spät kam. Und Renate hoffte inbrünstig, daß sie nicht zu spät kommen würde, um Stefan Leandros anzutreffen.

7

Das Kind kam ihr schon im Park der Leandros-Villa entgegengelaufen. Wehendes schwarzes Haar, erhitzte rote Wangen, Augen wie schwarze Sterne.

»Tante Renate, Tante Renate!« Pepita wirbelte um sie herum, hüpfte von einem Bein auf das andere, warf sich dann mit einer gleichzeitig scheuen und doch so entschlossenen Bewegung in ihre Arme.

»Ich hab' die ganze Zeit auf dich gewartet! Oh, bin ich froh! Vati meinte, du würdest nicht mehr kommen. Komm schnell herein, komm. Es ist so kalt hier draußen. Deine Hände sind auch ganz kalt. Oh, was ist das für ein Paket? Ein Geschenk für mich?«

»Ja«, Renate lachte, »ein Geschenk für dich.« Sie legte das Buch in der bunten Weihnachtspapierhülle in Pepitas ausgestreckte Hände.

Das Kind preßte das Buch an sein Herz, als habe es noch nie in seinem Leben ein Geschenk erhalten. »Danke schön, vielen, vielen Dank!«

Glücklich sprang sie vor Renate her ins Haus.

Ein Feuer flackerte wieder im offenen Kamin des Salons, der Teetisch war gerüstet.

Stefan Leandros trug einen weißen Rollkragenpullover, der sein herbes, dunkles Gesicht noch kühner als sonst erscheinen ließ.

Er beugte sich über Renates Hand, seine Lippen berührten ihre Haut, sie spürte es in ihrem ganzen Körper. Sie sah sich in seinen Augen, sah sich glücklich lächeln.

»Man soll die Hoffnung nie aufgeben«, sagte Leandros. »Aber ich war nahe daran.«

»Ich war in der Stadt. Ich habe Einkäufe gemacht. Weihnachtseinkäufe.« Renate sagte es hastig, als müsse sie sich bei ihm entschuldigen.

Leandros nahm ihr den kurzen, modischen Pelz ab, Pepita schenkte ihr Tee ein, rückte ihr ein Serviertischchen mit Leckerbissen neben den Sessel vor den Kamin.

»Ich lasse euch jetzt allein«, sagte sie mit zögernder Großmut, »ich möchte Leonie mein neues Buch zeigen. Bis gleich.« Sie stahl rasch einen Kuß auf Renates Wange, küßte auch ihren Vater und lief hinaus.

Sie saßen vor dem rot und gelb und an den Rändern der Flammen bläulich gefleckten Kaminfeuer, sie tranken Tee, und sie wußten beide nichts zu sagen.

»Ich werde noch in diesem Monat auf Tournee gehen«, sagte Stefan Leandros schließlich, »nach Paris.«

»Werden Sie lange fortbleiben?« fragte Renate und spürte ihr Herz im Hals klopfen.

»Ein Vierteljahr.«

Ein Vierteljahr – wenn er zurückkommt, werde ich längst verheiratet sein. Sie öffnete ihre Handtasche, nahm die Zigaretten heraus; oder war es eine Illusion, daß der Rauch sie entkrampfen würde?

Stefan Leandros gab ihr Feuer, ihre Hände berührten sich.

Sie blickte auf, sah in seine Augen, und er fragte: »Was werden Sie in dieser Zeit tun? Werden Sie hin und wieder kommen und Pepita besuchen?«

»Ich werde heiraten«, sagte sie.

Seine Augen wurden stumpf, ausdruckslos. Er schnippte das Feuerzeug mit einem harten Klikken zu, warf es auf den Tisch.

»Dr. Hagen, nehme ich an?« Er fragte es, ohne sie anzusehen. Er starrte in die Flammen.

»Ja, wir kennen uns seit Jahren. Wir sind miteinander aufgewachsen. Wir – es war von jeher beschlossene Sache. Es ist nie viel darüber geredet worden – aber, ich meine, es ist – « Sie verstummte, dachte, warum erkläre ich ihm das alles, warum versuche ich es zu entschuldigen? Er will es womöglich gar nicht wissen, es langweilt ihn. Er hat mich doch bloß eingeladen, weil er weiß, wie sehr Pepita an mir hängt, und weil er möchte, daß ich mich um das Kind kümmere, während er auf Tournee ist.

Mach dir nichts vor, Renate, mach dir doch nichts vor.

»Dr. Hagen muß sich glücklich schätzen«, sagte Stefan Leandros. »Er bekommt eine der zauberhaftesten Frauen, denen ein Mann je begegnen kann.« Aber seine Stimme klang kalt, fast böse.

Sie blickte schnell auf.

»Verzeihen Sie«, murmelte er, und dann sprang er auf, wandte ihr den Rücken zu. Sie sah unter der dünnen, weißen Wolle des Pullovers seine Schultern zucken. »Ich habe kein Recht«, murmelte er, »ich habe überhaupt kein Recht dazu . . .«

Über dem Kamin lächelte das Porträt Maiyongs auf Renate herunter.

Aber heute barg dieses Lächeln kein verzeihendes Versprechen, heute schien es ein Lächeln des Triumphs.

Maiyong war tot – seit Monaten tot.

Und Stefan Leandros war nicht der Mann, der schnell vergaß.

Aber hätte sie das denn gewünscht?

Mein Gott, was bilde ich mir denn ein, dachte Renate, auf was für Ideen komme ich denn?

Warum sollte es ihm etwas ausmachen, wenn ich Werner heirate?

Leandros hat gerade erst seine Frau verloren. Er ist einsam, allein, das macht ihn ungeduldig gegen das vermutete Glück anderer Menschen.

Aber bin ich denn glücklich? Nein, ich bin es nicht.

»Wo nur Pepita bleibt?« fragte sie in dem hilflosen Versuch, dem Gespräch, der ganzen Situation eine andere Richtung zu geben.

»Renate.« Leandros wandte sich um. Er stützte beide Hände auf die Lehnen ihres Sessels, sie saß im Gefängnis seiner Arme, die sie doch nicht umfingen, saß da, gebannt von seinen dunklen Augen.

»Renate, ich dürfte es nicht sagen, und doch muß ich es Ihnen sagen, denn es könnte sonst für immer zu spät sein. Als ich Sie sah, zum erstenmal bewußt sah, da habe ich gedacht, da habe ich gehofft, daß eines Tages – verstehen Sie, später, wenn das andere, wenn Maiyongs Sterben – wenn alles das verwunden ist – daß wir versuchen würden, einander – kennenzulernen, gut kennenzulernen. Ich habe nicht gewußt, daß Sie und Hagen – ich hätte es mir natürlich denken müssen – aber ich habe es nicht gewußt. Ich werde fortgehen, ich wollte mit Absicht fortgehen, damit die Zeit des Wartens schneller vergeht. Aber nun – wenn ich zurückkomme, wird es vergeblich sein. Wird es vergeblich sein, Renate?«

Sie konnte nicht antworten. Sie durfte nichts sagen.

Sie spürte die Augen Maiyongs auf sich herablächeln, sie dachte an Werner Hagen, der für sie und ihre Kinder – vier Kinder, zwei Jungen und zwei Mädchen – das Haus am Rodderberg baute. Sie dachte an ihren Vater, der nicht nur ihre Zukunft, sondern auch die der Klinik vertrauensvoll in Werners Hände gelegt.

Ja, Stefan Leandros würde vergebens zurückkommen.

Ja, es würde viel zu spät sein.

Leandros las die Ratlosigkeit und den Schmerz in ihren Augen.

Er mußte die Absage in ihren Augen lesen, denn sein Gesicht veränderte sich; es war, als ziehe jemand mit unsichtbaren Händen die Haut über Wangenknochen und Schläfen straff, um diesem Gesicht jeden Ausdruck zu nehmen, nur eine Maske übrig zu lassen – eine Maske der Enttäuschung.

Seine Hände ließen die Armlehnen des Sessels los. Er trat einen Schritt zurück.

Renate erhob sich, stand sekundenlang zögernd da, griff dann nach ihrer Handtasche, nach den Handschuhen, sagte leise, tonlos, schnell und wunderte sich, daß sie es überhaupt über die Lippen brachte: »Ich muß gehen, grüßen Sie Pepita von mir.«

Er brachte sie in die Halle. Er half ihr in den Mantel.

Draußen schneite es wieder, der Wind war kalt und heftig.

Stefan brachte sie bis zu ihrem Wagen, stand da, sah sie an, sagte nichts, kein Wort.

»Adieu.« Sie flüsterte es nur.

Er nahm ihre Hand, preßte seinen Mund in die Innenfläche. Ließ sie los, wandte sich abrupt um, lief fast ins Haus zurück.

Vorbei, dachte sie, vorbei.

Alles vorbei.

Sie fuhr zur Klinik zurück, sie fuhr langsam, vorsichtig, aber es war nicht der Schnee, der ihr die Sicht trübte, denn den wischten die Scheibenwischer weg. Es waren die Tränen, gegen die sie nichts tun konnte.

Dr. Werner Hagens Augen glänzten fiebrig, seine Bewegungen waren fahrig, wirkten unbeherrscht.

Er hatte vor einer Stunde noch operiert, mit der kühlen Brillanz des erstklassigen Chirurgen; hatte keine Sekunde lang bei der schwierigen Entfernung des Myoms Nervosität gezeigt.

Aber jetzt, während er in seiner Ordination die Post unterzeichnete, bildeten sich Schweißtropfen auf seiner Stirn, obwohl Schwester Lisbeth schon seiner Weisung zufolge die Heizung abgestellt, das Zimmer gelüftet hatte.

Er griff so fahrig nach der Tasse, daß der Tee überschwappte.

»Doktor, Sie sind krank«, sagte Lisbeth leise.

Er wandte abrupt den Kopf. »Unsinn!«

»Sie haben Fieber.«

»Ach was! Eine leichte Erkältung, nichts weiter.«

Aber er wußte, daß er Fieber hatte. Er wußte, daß er einen grippalen Infekt ausbrütete.

»Sie sollten das Fräulein Doktor anrufen und sie bitten, Sie zu vertreten.«

»Unsinn! Renate braucht ihr freies Wochenende nötiger als Sie und ich. Wir sind ganz schön überlastet in letzter Zeit.«

Er hustete dumpf, zuckte zusammen unter dem Schmerz, der seine Brust zerschnitt.

»Sie gehören nach Hause ins Bett«, sagte Lisbeth hartnäckig. »Ein Blinder kann sehen, daß Sie krank sind.«

»Ach, lassen Sie mich in Frieden!«

Schwester Lisbeth nahm stumm die Unterschriftenmappe, trug sie in das kleine Nebenzimmer, wo Hagens Sekretärin Ingrid sonst ihren Platz hatte. Aber Ingrid Meissner war die erste gewesen, die von der Grippewelle erfaßt wurde; seit acht Tagen fehlte sie schon im Büro.

Acht Tage, in denen Schwester Lisbeth neben

ihren anderen Aufgaben auch noch den Dienst der Sekretärin versehen hatte.

Und wie gern, dachte sie jetzt und schloß sekundenlang die Augen. Sie strich über die Unterschriftenmappe, als müsse ihr noch etwas von der Berührung von Hagens Händen anhaften.

Ich bin sentimental, dachte sie, sentimental und romantisch, Krankenschwester verliebt sich in Oberarzt.

Ein billiger Romanstoff, aber nichts für die Wirklichkeit.

Hagen sieht mich ja nicht einmal.

Für ihn bin ich keine Frau, sondern ein Neutrum, das Neutrum Schwester Lisbeth.

Er hat nur Augen für Renate.

Und dabei liebt sie ihn nicht mal. Er ist ihr gleichgültig, so was spürt man als Frau.

Aber er wird sie heiraten.

Und ich kann nichts dagegen tun.

Lisbeth hörte ihn wieder husten, und entschlossen griff sie zum Telefon.

Wie immer, wenn sie Renates Stimme vernahm, gab es ihr einen Stich; es war keine Eifersucht, nur das hilflose Empfinden, der anderen für immer unterlegen zu sein.

»Dr. Hagen ist krank«, sagte Lisbeth einfach. »Er will es zwar nicht wahrhaben, aber Sie kennen ihn ja. Er hat Fieber, und er braucht wahrscheinlich Bettruhe. Er weiß nicht, daß ich Sie anrufe, Frau Doktor, aber – «

»Ich komme in die Klinik«, sagte Renate schnell.

»Danke schön, Frau Doktor.«

»Bis später, Lisbeth.«

Es ist gut so, dachte Renate zu Hause, in ihrem Zimmer. Es ist gut, daß ich in die Klinik muß, arbeiten, mich um andere Menschen kümmern.

Es ist gut so, weil ich dann mich selbst vergesse.

Aber es war nicht nur Hagens Krankheit, eine schwere und langwierige Grippe, die ihre Hochzeit verschob.

Es war auch der Tod seiner Mutter.

Irene Hagen war zum zweitenmal in Italien verheiratet.

Sie lebte in Rom mit dem Mann, um dessentwillen sie Hagens Vater in den frühen fünfziger Jahren verlassen hatte.

Sie hatte damals auch ihren Sohn verlassen – aber nie aufgehört, ihn zu lieben.

Sie hatte Werner oft geschrieben, und er hatte zuerst seine Schulferien, dann später seinen Urlaub in dem alten Patrizierhaus verbracht, in dem die Porträts der Carlos an weißgetünchten Wänden hingen, deren letzter Sproß der erblindete Maler Gino war.

Irene und Gino – sie waren wie Eis und Feuer gewesen.

Sie hatten sich geliebt und gehaßt, und nur wenn Werner Hagen, Irenes Sohn, bei ihnen weilte, sich bezähmt, ihm das geboten, was er bei seinem Vater, dem strengen Amtsgerichtsrat, vermißte: Wärme und Zuneigung und Verständnis.

Und nun war Irene gestorben, vier Tage nach Neujahr; lachend, fröhlich und unbeschwert hatte sie eine Straße überquert, war von einem Wagen erfaßt, zehn Meter mitgeschleift und getötet worden.

Werner Hagen nahm Urlaub in der Klinik, nahm Abschied von Renate.

Er wollte allein nach Rom.

Renate brachte ihn zum Flughafen.

Werners Gesicht war blaß und mager geworden von der kaum überstandenen Grippe.

Seine Augen hatten allen Ausdruck verloren, seit er von dem Tod seiner Mutter erfahren hatte.

»Ich weiß nicht genau, wann ich zurückkommen kann«, sagte er und blickte über Renate hinweg auf das Flugfeld hinaus, das im trübgrauen Januarlicht lag. »Ich werde dir schreiben.«

Renate nickte nur.

Er hielt ihren Arm, aber sie spürte keine Wärme von seiner Hand.

»Ich muß mich um Gino kümmern«, sagte er.

»Natürlich.«

»Es ist gut, daß wir noch keine Hochzeitsanzeigen verschickt hatten.«

Sie blieb stumm.

»Bist du nicht der Ansicht?«

Sie sah ihn an.

»Freu dich doch. Du wirst jetzt viel Zeit mit Pepita und Leandros verbringen können.«

»Leandros ist in Paris.«

»Ach ja! Wie schade für dich.«

Renate kam zu keiner Erwiderung, denn da wurde seine Lufthansamaschine nach Rom aufgerufen, Werner küßte sie auf die Wange, seine Lippen waren kalt.

»Ich schreibe dir«, sagte sie.

»Auf Wiedersehen«, sagte er.

Er ging schnell davon, eine schlanke, einsame Gestalt im grauen trüben Licht des Wintermorgens.

Renate fuhr in die Klinik zurück.

Zwei Unfälle waren eingeliefert worden – Knochenbrüche, Prellungen, nichts Ernstes, aber geröntgt mußte trotzdem werden und die Verletzungen versorgt. Dann die übliche Klinikroutine, die Visiten – plötzlich war es abends acht Uhr, und Renate hatte nicht einmal gemerkt, wie rasch der Rest des Tages zerronnen war.

Sie trank einen Kaffee in ihrem kleinen Büro,

blätterte in einer Zeitschrift, hatte das Gefühl, auf etwas zu warten, wußte nicht, auf was.

Und dann klingelte das Telefon.

Renate nahm den Hörer ab, eine atemlose, kaum verständliche Stimme klang an ihr Ohr. »Ist sie bei Ihnen, um des Herren willen, ist das Kind bei Ihnen?«

»Welches Kind, bitte, so reden Sie doch deutlicher!«

»Frau Doktor, hier spricht Leonie, Pepita ist fort. Fortgelaufen, verstehen Sie. Einfach fort!«

»Aber, Leonie, das ist doch nicht möglich!«

»Ich habe das Kind zu Bett gebracht, und da rief Herr Leandros an, aus Paris. Ich habe eine Weile mit ihm gesprochen, und dann ging ich zu Pepita zurück, um mit ihr zu beten. Und da war sie fort. Das Bett leer. Ihre Stiefel fehlen, der Kapuzenmantel – «

»Aber das ist doch – «

»Bitte, Frau Doktor«, unterbrach Leonie sie, »bitte kommen Sie zu mir, bitte, helfen Sie mir das Kind zu suchen.«

»Ja, ich komme sofort«, sagte Renate.

Die Villa der Leandros lag hellerleuchtet in dem großen Park.

Leonie, die Augen rot vom Weinen, das

sonst so beherrschte Gesicht verzerrt von Angst und Sorge, kam Renate entgegengelaufen.

»Danke, danke, daß Sie gekommen sind.« Sie nahm Renates Arm, zog sie mit ins Haus.

»Wir haben alles durchsucht, alles. Vom Dach bis in den Keller und den ganzen Park. Aber wir haben keine Spur gefunden. Was soll ich nur tun, bitte, was soll ich nur tun? Wenn Herr Leandros das erfährt! Pepita ist doch sein ein und alles, Pepita ist doch alles, was er hat. Oh, bitte, bitte, helfen Sie mir.«

Leonie führte Renate in Pepitas Zimmer.

Es war mit den schönsten Spielsachen, die sich ein kleines Mädchen nur wünschen kann, angefüllt; dazwischen nahm sich das Buch, das Renate ihr geschenkt, jene alte Ausgabe von ›Alice im Wunderland‹, beinahe schäbig aus.

Aber das Buch lag von allen anderen Dingen weit weg – auf dem Kopfkissen des Bettes.

»Wenn das Kind nun entführt worden ist?« flüsterte Leonie. »In Amerika hat man mal versucht, Pepita zu entführen.«

»Wir sind nicht in Amerika«, sagte Renate.

Sie trat rasch zum Bett, nahm das Buch auf, ein kleiner hellrosa Umschlag rutschte ihr entgegen.

Mit sorgfältig gemalten Buchstaben stand darauf:

Für Tante Renate!

Und ein Zettel fiel heraus in Renates Hand:

Ich gehe weg, weil niemand mich mag. Auch die Renate nicht!

Renate spürte, wie ihre Knie zu zittern begannen.

Oh, mein Gott, dachte sie und schloß sekundenlang die Augen, bitte, laß Pepita nichts geschehen, denn es wäre für immer meine Schuld.

8

Sie saßen am Telefon im Salon. Das Licht der Stehlampe beleuchtete voll das dunkle Haar von Leonie, ließ die wenigen weißen Fäden darin um so sichtbarer werden. Scharfe Falten der Sorge und der Angst kerbten die Oberlippe zwischen Nase und Mund; die Lider waren gerötet, die Wangen sehr blaß. Stumm saß sie da und starrte auf das Telefon.

Renate zündete sich eine Zigarette an, rauchte, spürte, daß der Rauch ihr nicht einmal die winzigste Erleichterung gab.

»Warum ruft die Polizei nicht an? Warum hören wir nichts?« fragte Leonie.

»Wir müssen Geduld haben«, antwortete Renate zum wiederholtenmal.

Sie hatten gleich, nachdem sie Pepitas Brief gefunden hatten, die Polizei benachrichtigt.

Die Fahndung nach dem kleinen Mädchen mit dem Indianerinnengesicht, in einem roten Kapuzenmantel und weißen Stiefelchen, lief – aber würde man Pepita finden?

»Wenn ihr etwas geschieht – «, murmelte Leonie, »wenn ihr etwas Schlimmes geschieht, kann ich auch nicht mehr leben.«

»Sie dürfen gar nicht an so etwas denken«, sagte Renate, aber auch sie selbst dachte ja daran.

»Sollen wir nicht den Herrn anrufen?« fragte Leonie und blickte sie mit den dunklen, angstvollen Augen an.

»Noch nicht«, sagte Renate, »nein, wir rufen Stefan noch nicht an.«

Sie begann unruhig in dem Salon auf und ab zu gehen. Der chinesische Seidenteppich dämpfte ihre Schritte; es war beinahe lautlos still.

»Man hört so viel«, flüsterte Leonie, »man kann es täglich in den Zeitungen lesen...«

»Aber Pepita ist doch nicht entführt worden«, sagte Renate. »Sie ist doch aus eigenem Antrieb weggegangen. Sie wird sich irgendwo versteckt halten. Sie wird wollen, daß man sie sucht, und wenn man sie nicht findet, wird sie von allein zurückkommen.«

»Ich habe große Angst«, murmelte Leonie. Sie schlug die Hände vors Gesicht. Ihre Schultern wurden von unkontrolliertem Schluchzen geschüttelt.

»Weinen Sie doch nicht«, sagte Renate fast scharf, »das macht es doch auch nicht besser.«

Nein, weinen nützte nichts in dieser Nacht, die sie schlaflos verbrachten.

Hin und wieder rief Kommissar Hellmann an,

der mit der Fahndung nach dem Kind betraut worden war.

Und stets hofften die beiden Frauen vergebens, von ihm zu hören, daß seine Leute Pepita gefunden hatten.

Der Morgen graute schließlich mit dichtem Nebel, der kaum fünf Schritte Sicht zuließ.

Fröstelnd zog Renate die Schultern in der grauen Wolljacke hoch, die Leonie ihr geliehen hatte, und fuhr sich über das blonde Haar. Beinahe gierig trank sie von dem heißen Kaffee, den das Mädchen servierte, das wie Leonie aus Polen stammte, klein und dunkelhaarig war und jetzt rotgeäderte schwermütige Augen hatte.

Aber nichts wollte die Kälte mildern, die Renate erfüllte.

Sie starrte blicklos zum Fenster hinaus, in den Park, in den noch einmal der Winter eingekehrt war.

Wenn Pepita etwas geschieht, dachte sie, ist es meine Schuld. Nicht Stefans, nicht Leonies – es ist allein meine Schuld.

Ich habe in dem Kind eine Hoffnung geweckt, die ich nicht erfüllen kann. Für die es zu früh ist, oder auch zu spät.

Ich hätte niemals wieder hierherkommen

dürfen, Stefan niemals wiedersehen, niemals das Kind.

Wenn ihr etwas geschieht, wenn Pepita etwas geschieht, wird es für immer meine Schuld sein.

Der Tag verging. Nur kurz um die Mittagszeit hatte sich eine blasse Sonne aus dem nebligen Eisdunst hervorgewagt, der über dem Rheintal lag.

Hohl klang das Tuten der Schiffssirenen herüber.

Richtig unheimlich und furchteinflößend.

Aber ich darf keine Angst haben, dachte Pepita. Sie saß in dem Keller des riesigen Neubaus, den Rücken gegen die noch feuchte Mauer gelehnt. Neben ihr lag die leere Silberpapierhülle ihrer ›eisernen Ration‹.

Seit Weihnachten hatte sie sich die Schokolade aufgespart, heimlich im hintersten Winkel ihrer Nachttischschublade; Leonie hatte sie nicht entdeckt, trotz der allmonatlichen Säuberungsaktion des ganzen Hauses, wenn es tagelang nach dem gelben Bohnerwachs stank, das sie entgegen allen modernen Wachsmitteln für Parkett und Möbel gleichermaßen verwandte, und scharf nach dem Salmiakgeist, der stets in einer Riesenflasche mit schwarzem Totenkopf und Totengebeinen versehen auf dem Bord in der Besenkammer stand.

Arme Leonie, dachte Pepita und pickte mit dem Zeigefinger die letzten Krümel der Schokolade auf. Es tut mir leid, daß ich dir Kummer machen muß, hoffentlich weinst du nicht zuviel. Du kriegst ja immer Heuschnupfen davon. »Aber nicht wahr, du verstehst, daß ich es einfach tun mußte?

Pepita erschrak über ihre eigene Stimme, sie hatte die letzten Worte vor sich hingeflüstert.

Na, langsam könntet ihr mich aber auch finden, dachte sie und kämpfte vergeblich gegen die instinktive Furcht an, die sie überfiel, während sie in den trübsinnigen Abend blickte.

Renate muß mich doch suchen, dachte sie, ganz bestimmt sucht sie mich, und sie soll mich auch finden. Ich werde dann ein bißchen weinen und sie um Verzeihung bitten, aber dann wird sie doch wenigstens endlich wissen, wohin sie gehört.

Denn darin war Pepita sich nämlich merkwürdig sicher.

Sie erinnerte sich noch genau daran, als sie Renate zum erstenmal im Krankenhaus begegnet war.

Damals, als Maiyong gerade gestorben und ihr Vater noch keinen Besuch bekommen durfte.

Da hatte sie sogleich ein ganz großes Vertrauen zu Tante Renate gefaßt, die gar nicht so hübsch war, wie Maiyong es gewesen oder wie die anderen Damen in den wunderschönen Kleidern, die immer um ihren Vater schwärmten, als sei er ein Fliegenfänger.

Manchmal – wenn er gerade nicht verheiratet war –, blieben sie für eine Weile an ihm kleben, dachte Pepita. Das war dann, wenn er sie und Leonie meistens auf irgendeine Reise schickte, zumindest aber in das große rosafarbene Haus in Lugano.

Aber mit der Renate würde das nicht geschehen. Nein, die würde nicht zulassen, daß Vati mich und Leonie wegschickt, dachte Pepita. Dafür ist sie zu klug und zu lieb.

Pepita zog ihre Beine an, weil die Kälte aus den Steinen, auf denen sie saß, ihre Füße ganz gefühllos machte.

Sie legte ihre Arme um die Knie und faltete die Hände ganz fest.

Sie schloß auch die Augen ganz fest, und sie dachte: Lieber Gott, bitte, bitte mach doch, daß Renate mich findet und mit nach Hause nimmt und immer bei uns bleibt, damit wir wieder eine richtige Familie sind. Bitte, laß sie noch kommen, bevor es Nacht wird.

Pepita hörte das Tappen von Schritten, die näher kamen, und sie schreckte auf.

Leise, bemüht kein Geräusch zu machen, erhob sie sich, lief auf Zehenspitzen in den hintersten Winkel des Kellers.

Sie preßte sich in den Schatten einer vorspringenden Mauer, hielt den Atem an.

Sie sah nur die klobigen, lehmbeschmierten Stiefel des Mannes und seine grauen, zottelig herabhängenden Hosenbeine.

Und dann sah sie seine Hand, die eine Flasche hielt, das heißt, diese Flasche schwang, als sei es eine Keule.

Etwas Braunes schwappte in der Flasche hin und her, der Mann hob seine Hand, die Flasche war nicht mehr zu sehen, und dafür hörte Pepita jetzt ein Geräusch, als gurgelte jemand.

Sie spürte, wie die Haut an ihren Armen und Beinen zu prickeln begann, abwechselnd wurde ihr kalt und heiß.

Unwillkürlich wich sie weiter in den Mauerschatten zurück, bemerkte nicht, wohin sie trat, und stolperte rücklings über eine vergessene Schaufel, die mit hellem Scheppern zu Boden fiel.

Die Füße in den Lehmstiefeln standen ganz still.

Dann beugte sich der Mann herab, und sie konnte sein rotgedunsenes Gesicht sehen.

»Ist da jemand?« fragte er mit verwaschener Stimme.

Der ist ja betrunken, registrierte Pepita mit

ihrem wachen Verstand und wußte nicht, ob sie erleichtert darüber sein sollte.

Aber sie nahm all ihren Mut zusammen und trat vor.

»Guten Abend«, sagte sie höflich und schaute dem Mann fest in das rote Gesicht.

Der blinkte mit den Augen, nahm wieder einen Zug aus der Flasche, murmelte: »Da legst dich hin. 'ne Göre – nee, was machste denn hier?«

»Versteckenspielen«, sagte Pepita, um halbwegs bei der Wahrheit zu bleiben, weil sie Lügen einfach zu sehr haßte.

»So, Versteckenspielen?« Der Mann drehte seinen Kopf erst nach rechts, dann nach links, blinzelte mit den wasserhellen Augen. »So ganz allein.«

»Nein, meine Brüder sind in der Nähe. Sie heißen Uwe und Kai.«

»Ach ja.« Der Mann nahm wieder einen Zug aus der Flasche. »Willste 'nen Schluck?«

»Nein, danke«, sagte Pepita, »ich trinke keinen Alkohol.«

Der Mann grinste, blinkerte mit den Augen.

»Sind Sie – « Nun zögerte Pepita doch, aber schließlich hatte sie den Ausdruck ja in der Zeitung gelesen. »Sind Sie vielleicht ein Wermutbruder?«

Der Mann machte ein Gesicht, als ob er nicht wisse, ob er böse werden oder lachen solle.

»Wermutbruder, haha!« Er hatte sich zum Lachen entschlossen. Aber es klang auch ein bißchen böse.

»Ich wollte Sie nicht kränken«, sagte Pepita.

»Komm mal her«, sagte der Mann, und jetzt war etwas in seinen Augen wie bei Leonie, wenn sie nicht zu entscheiden wußte, ob man eine Strafe verdient hatte oder nicht.

»Komm mal her, hab' ich gesagt!«

Diesmal gehorchte Pepita.

Der Mann streckte eine unsichere Hand aus, berührte den Ärmel ihres roten Mantels.

»Feiner Stoff«, sagte er, »du bist ein Mädchen aus 'nem feinen Haus.«

Pepita schwieg; Fremden erzählte man nichts über sich, das waren schlechte Manieren, behauptete zumindest Leonie.

»Was ist dein Vater?«

»Mein Vater ist Pianist.«

»Haha«, der Mann lachte wieder. Diesmal krümmte er sich dabei, preßte die Flasche gegen seinen Bauch, daß etwas von dem braunen Zeugs da drin rausschwappte und über sein Jackett lief, aber er achtete nicht darauf.

»Es stimmt aber«, sagte Pepita, die es nicht vertragen konnte, wenn man ihre Worte anzweifelte und sich lustig über sie machte.

»Mein Vater ist sogar ein berühmter Pianist.«

»So – « Der Mann war schon wieder ernst. »Wie heißt er denn?«

»Stefan Leandros«, sagte Pepita stolz.

Die Augen des Mannes wurden ganz eng, und dann pfiff er durch die Zähne.

Gelbe Zähne waren das, und bestimmt lange nicht geputzt.

»Sieh mal einer an«, murmelte er, »sieh mal einer an!«

»Ich muß jetzt gehen«, sagte Pepita rasch, denn plötzlich hatte sie eine abgrundtiefe Angst. »Meine Brüder suchen mich bestimmt schon.«

Sie tat einen Schritt zur Seite, war fast schon an dem Mann vorbei, als seine Hand vorschoß und ihren Arm packte.

Pepita stolperte, die Hand hielt sie fest.

»Hiergeblieben!« sagte der Mann leise, aber bestimmt. »Wir zwei haben noch 'ne Menge, worüber wir uns unterhalten müssen...«

Es war unerträglich. Es war einfach nicht mehr zu ertragen. Seit mehr als vierundzwanzig Stunden war Pepita nun schon verschwunden.

Dieses Warten, diese Angst...

Immer wieder die Routineanrufe der Polizei – eine Großfahndung war inzwischen im Gange

– und nie die ersehnte, die verzweifelt erhoffte Nachricht: Wir haben Pepita gefunden.

Professor Ehrwald war inzwischen im Leandrosschen Haus eingetroffen. Er war es auch, der Stefan Leandros in Paris anrief und ihn schonend davon unterrichtete, daß Pepita verschwunden sei.

Leandros wollte das nächste Flugzeug nehmen.

Professor Ehrwald hatte in seiner ruhigen energischen Art Leonie und Renate gezwungen, Beruhigungstabletten zu nehmen und sich wenigstens für eine Stunde hinzulegen.

Er war ja jetzt da, er überwachte das Telefon, und natürlich würde er sie sofort wecken, wenn Nachricht von Pepita kam.

Darüber wurde es Abend.

Leonie servierte einen kalten Imbiß im Salon, den niemand anrührte.

Professor Ehrwald schaltete das Fernsehen ein, das ebenfalls eine Suchmeldung nach Pepita ausstrahlte.

Vom Bildschirm lächelte ein Foto von Pepita sie an.

Strahlend glückliche Kinderaugen, die schwarzen Locken zerzaust vom Wind, ein weißes zartes Kleid.

Renate preßte ihre Nägel in ihre Handflächen, aber der Schmerz war nicht scharf genug, um sie am Weinen zu hindern.

Leonie saß mit starrem, ausdruckslosem Gesicht da, sie hatte keine Tränen mehr.

Wenige Minuten später rief Stefan Leandros an. Seine Stimme war kaum verständlich: »Ich bin noch in Orly. Die Maschine kann nicht starten. Nebel und Eis. Ich nehme den Nachtzug.« Renate preßte den Hörer an ihr Ohr.

Und dann kam es, wie ein Schluchzen: »Habt ihr von Pepita gehört?«

»Nein.« Sie mußte sich räuspern. »Aber es wird alles getan, Stefan, alles . . .«

Und wieder wenige Minuten später rief Werner Hagen aus Rom an.

»Ich habe vergeblich versucht, dich in der Klinik zu erreichen, Renate. Man sagte mir, du bist bei Leandros?«

»Pepita ist verschwunden«, sagte Renate. »Wir suchen sie seit gestern abend.«

»Verschwunden – ist das der Grund . . .«

»Ja doch, Werner, ja doch!«

»Brauchst du mich?« fragte er, und da war wieder die alte Ruhe und Gelassenheit in seiner Stimme.

»Ich kann doch nicht verlangen, daß du kommst.«

»Renate – ich – «

»Bitte, Werner, ich will nicht, daß du – meinetwegen sofort zurückkehrst. Gino braucht dich doch auch«, erwiderte sie und dachte doch, ich brauche ihn, ich brauche seine Ruhe, seine Zuverlässigkeit, um nicht die Nerven zu verlieren.

Werner schien dies zu spüren, denn er versprach:

»Ich komme mit der nächsten Maschine.«

Werner traf um Mitternach in der Villa Leandros ein – von Frankfurt aus hatte er ein Taxi nach Godesberg genommen.

Er legte stumm seinen Arm um Renate.

Sie lehnte ebenso stumm ihr Gesicht an seine Schulter.

»Keine Nachricht?« fragte er.

Sie schüttelte nur den Kopf.

»Ist die ganze Umgebung durchsucht worden?«

»Ja, die ganze Umgebung.«

»Auch die Neubauten unten am Rhein?«

»Auch die Neubauten unten am Rhein.«

»Was ist mit dem neuen Supermarkt?«

»Glaubst du, daß sich ein Kind da verstecken würde, in dem Labyrinth der Keller und Gänge?«

»Ein Kind mit Fantasie schon.«

»Der Supermarkt.« Leonie fuhr sich mit der Hand an den Hals. »Der Supermarkt. Pepita – vor Weihnachten, da wollte sie da Versteckenspielen; ich hab's ihr noch energisch verboten – mein Gott!«

»Nichts wie hin«, sagte Werner Hagen.

Der neue Supermarkt, dessen Stahlgehäuse sich wie überdimensionale Behälter in den Himmel schoben, war zu Fuß kaum eine halbe Stunde vom Haus der Leandros' entfernt.

Mit dem Wagen waren es nur Minuten.

Professor Ehrwald hatte im Lauf des Tages starke Taschenlampen besorgt und nun Werner, Renate und Leonie damit ausgerüstet.

Düster und feucht taten sich die halbfertigen Kellergewölbe und Gänge vor ihnen auf.

Es war beklemmend still.

Aber bevor sie noch einen Schritt hinein getan hatten, hörten sie den hellen, gellenden Kinderschrei!

9

Der Schrei gellte durch die Kellergewölbe. Geisterhaft erhellte das Licht der Taschenlampen vor ihnen einen langen Gang, über dessen Betonwände sich schwärzlichfeuchte Flecken zogen, dessen Ende sich im Dunkeln verlor.

Sekundenlang standen sie alle regungslos; Renate, Leonie und auch Werner Hagen.

Dann stürzte Hagen vor, eilte den Gang entlang.

Nichts mehr war zu hören, als nur das harte Knattern seiner Schritte auf dem Beton.

»Bleibt, wo ihr seid«, rief er Renate und Leonie noch über die Schulter zu, dann war er weit hinten um die Biegung des Ganges verschwunden.

Leonie und Renate standen eng beieinander, die Köpfe vorgereckt, angstvoll lauschend.

Aber Pepita schrie nicht mehr.

Dann hörten sie plötzlich etwas anderes, hörten den Laut von Schlägen, die dumpf in den Gewölben des Kellers widerhallten, hörten einen wütenden, unterdrückten Aufschrei – und dann, es war wie eine Erlösung, das jubelnde Jauchzen eines Kindes: »Renate!«

Und nun lief auch Renate in den Gang, und wenige Sekunden später kam ihr Pepita entgegengesprungen; Pepita mit flatterndem schwarzen Haar, in ihrem roten Kapuzenmäntelchen einem Kobold gleich.

»Renate, Renate!« Atemlos schlang sie die Arme um Renate. »Ich hab' ja gewußt, daß du mich suchen würdest! Ich hab' ja gewußt, daß du mich finden würdest. Jetzt bleibst du immer bei mir, nicht wahr? Du läßt mich nie nie wieder im Stich!«

Renate preßte das Kind an sich, die Tränen liefen ihr über die Wangen.

Werner Hagen kam auf sie zu, er führte einen Mann neben sich mit festem Griff am Arm.

Der Mann sah aus wie jemand, den man allgemein als verkommenes Subjekt bezeichnen würde.

»Er ist harmlos«, sagte Werner Hagen beruhigend, »ein harmloser Betrunkener.«

Der Mann hob den Kopf, sein Blick war unstet, wässerig, glitt über Renate, blieb an dem Kind hängen.

»Ich wollte dir doch nichts tun«, babbelte er, »wirklich nicht. Ich hab' doch kleine Mädchen gern.« Er begann kindisch zu schluchzen, preßte eine zitternde Hand vor die Augen.

»Bitte, Renate, bring Pepita nach Hause«, sagte Werner Hagen, »und schick mir ein Taxi.

Ich bring ihn zur Ausnüchterung in die Klinik, da kann auch die Polizei dann nach ihm sehen.«

»Keine Polizei«, wimmerte der Mann, »ich will nichts mit Polizei zu tun haben. Ich bin ein anständiger Mann, es sind doch nur die Verhältnisse, Herr, ich bin fünfzig und zu alt für alles, und ich find doch keine Arbeit mehr. Sehen Sie, was soll ich dann da machen? Ich trink nur ein Fläschchen hin und wieder. Ist billiger als Essen. Schlafen tu' ich oft auf solchen Baustellen – und das kleine Mädchen, das wollte mir doch bloß Gesellschaft leisten.«

»Das ist nicht wahr«, sagte Pepita mit ihrer hellen klaren Stimme, »er wollte mit mir Versteckenspielen. Und er hat gesagt, je länger ich bei ihm bleibe, um so mehr wird mein Vati für mich Lösegeld bezahlen.«

Der Mann wimmerte nur und schüttelte den Kopf.

Renate und Werner wechselten einen Blick, dann wandte Renate sich ab und führte Pepita nach draußen, wo immer noch Leonie wartete; unfähig war sie gewesen, sich zu rühren, unfähig jetzt noch, irgend etwas zu tun.

Auch sie weinte, als sie Pepita in ihre Arme schloß, aber dann kehrte ihre alte herzliche Barschheit zurück. »Den Hintern solltest du versohlt bekommen, aber dieses Mal wollen wir noch Gnade vor Recht ergehen lassen. – Ach, mein Vögelchen, wie froh sind wir, dich wiederzuhaben!«

Eine Stunde später war Pepita zu Bett gebracht.

Renate telefonierte mit der Bundesbahn, schilderte die besonderen Umstände, unter denen sie anrief – die Tochter von Stefan Leandros war unversehrt gefunden und nach Hause gebracht worden –, und bat, falls die Möglichkeit bestände, Leandros im Pariser Zug davon zu unterrichten.

Der Beamte in der Kölner Zentrale war sehr zuvorkommend; er versicherte, daß man Stefan Leandros sogleich beim Passieren der Grenze, also in Aachen, informieren würde.

Renate nahm dankbar den heißen Tee entgegen, den ihr Vater ihr eingeschenkt hatte; sie zündete sich eine Zigarette an, lächelte zu ihm auf. »Mein Gott, mir ist, als wäre ich aus einem schrecklichen Alptraum erwacht.«

Sein Gesicht blieb ernst, nachdenklich.

»Und was wirst du jetzt tun?« fragte er.

»Bei Pepita bleiben!« Es kam ganz spontan; es hatte keines Überlegens bedurft.

»Du bist Ärztin«, sagte ihr Vater, »keine Erzieherin.«

»Ich kann doch auch in die Klinik gehen – wenn ich nur immer wieder hierher zurückkehre.«

»Aber Pepita bedeutet auch – Stefan Leandros.«

Renate spürte, wie ihr das Blut ins Herz schoß, spürte, wie sich Röte in ihre Wangen schob.

»Bitte – «, flüsterte sie, »bitte, ich kann jetzt nicht darüber nachdenken. Ich – versteh doch – «

»Du mußt darüber nachdenken, denn es geht dabei nicht nur um dich selbst oder Leandros und das Kind. Es geht auch um Werner Hagen. Und du weißt, ich schätze ihn wie einen Sohn.«

»Um Werner...«, murmelte Renate.

»Ihr sprecht von mir?« fragte dieser, und sie hatten sein Eintreten nicht gehört.

Er trug ein gelassenes Lächeln um den ehrlichen, energischen Mund.

»Na«, er ging zu Renate, legte ihr den Arm um die Schultern, »wie geht es dir jetzt?«

»Gut«, murmelte sie unsicher. »Und dir? – Wenn du nicht gekommen wärst – «

»Ach was«, er winkte rasch ab, »ihr hättet Pepita schließlich auch gefunden.«

»Aber dieser schreckliche Kerl, dieser betrunkene...«

»Er war doch harmlos, er hätte dem Kind wohl kaum etwas angetan. Sieh mal, ich habe ihn ganz ordentlich vertrimmt in meiner ersten Wut, aber er hat sich nicht gewehrt, weil er es einfach nicht konnte.«

»Wo ist er jetzt?«

»In der Klinik. Ich habe ihm eine Beruhigungsspritze gegeben. Er wird die Nacht durchschlafen, und morgen früh knöpfe ich ihn mir mal vor. Er hat mir erzählt, daß er früher als Gärtner gearbeitet hat. Wir könnten ganz gut einen zweiten Gärtner für den Klinikpark gebrauchen. Für den alten Hermann wird es sowieso langsam zuviel. Ich glaube, wenn man dem Mann eine Chance gibt – « Werner hob die Schultern. »Zumindest werden wir es versuchen. Ich habe übrigens die Polizei nur davon unterrichtet, daß wir Pepita in dem Keller des Supermarkt-Neubaus gefunden haben.«

»Du hast verschwiegen, daß der Mann womöglich – « Renate blickte überrascht zu ihm auf.

Werner Hagen lächelte. »Ich glaube, wir sollten ihm eine Chance geben.«

»Werner, ach, ich weiß gar nicht, was ich sagen soll.« Renate lachte. Und sie dachte mit einem jähen Anflug des Bedauerns: Warum konnte Werner nicht schon früher so sein – so menschlich, so voller Verständnis?

»Gar nichts sollst du sagen«, sagte er lächelnd und gab Renates Schulter einen kameradschaftlichen Klaps. Dann ließ er sie los, wandte sich an Professor Ehrwald.

»Darf ich dich nach Hause fahren?« fragte er.

»Ja, mein Sohn«, sagte der Professor.

»Allerdings möchte ich dazu von dir zu einem guten Glas Whisky eingeladen werden.«

»Du kriegst den besten, den ich im Keller

habe, einen fünfundzwanzig Jahre alten Bourbon«, sagte der Professor mit einer nahezu grimmigen Herzlichkeit, die seine Bewegung verbergen sollte. Da hatte er, so lange er denken konnte, diesen jungen Mann als Schwiegersohn gesehen, als Sohn – und nun würde nichts daraus werden.

Er wandte sich beinahe brüsk von Renate ab.

»Na, ich werd' jetzt schon mal gehen und mich von Leonie verabschieden.«

Renate und Werner Hagen wußten, daß er sie absichtlich allein ließ, ihnen absichtlich noch eine Chance gab.

Aber es machte sie nur befangen, und sie wagten nicht mehr, einander anzusehen.

»Du liebst Leandros?« fragte Werner schließlich rauh.

»Ja«, flüsterte Renate.

»Und er dich auch?«

»Ich weiß es nicht. Ich bin ihm ausgewichen. Wenn das mit Pepita nicht geschehen wäre – ich glaube, ich hätte ihn nie wiedergesehen.«

»Meinetwegen?«

»Ja, deinetwegen.« Jetzt sah sie zu ihm auf.

»Ich danke dir für den Versuch«, sagte er und nahm ihre Hand. Er beugte sich darüber und küßte sie. »Und ich wünsche dir alles Glück.«

»Du ... du machst es mir so leicht?« fragte Renate leise und dankbar.

»War ich nicht immer mehr als alles andere ein Bruder und Freund für dich?« fragte Werner zurück.

Renate nickte stumm. Dann stand sie auf und umarmte ihn, wie man einen Bruder umarmen würde.

Aber es tat weh. Es tat weher, als Werner Hagen es für möglich gehalten hatte.

Er hatte Renate verloren. Er hatte die Frau, die er liebte, an einen anderen Mann verloren.

Schön – er behielt die Leitung der Klinik, er würde auch das halbfertige Haus am Rodderberg beziehen – aber der Beruf ist nicht alles für einen Mann. Und was tat man mit einem leeren Haus?

»Ich begreife es nicht!« hatte Professor Ehrwald fast zornig gesagt, als sie den versprochenen Whisky miteinander tranken. »Ich verstehe meine eigene Tochter nicht mehr!«

Aber was nützte das? Es änderte nichts daran, daß Renate Leandros liebte.

Werner Hagen trat ans Fenster, starrte in den Nebel hinaus, der vom Fluß hochstieg. Er führte das Whiskyglas an die Lippen, trank.

Er trank, wie er schon einmal in einer einsamen Nacht, als er vergeblich auf Renate gewartet hatte, getrunken hatte.

Aber der Alkohol brachte keine Wärme und keine Erleichterung, er schärfte nur den Schmerz und das Bewußtsein, Renate verloren zu haben, einsam zu sein.

Sanfte, kluge Renate – bei der es keine Probleme zu geben schien.

Sanfte, manchmal – wenn auch stets verhalten –, zärtliche Renate – die so oft in diesem Zimmer in seinen Armen gelegen hatte.

Ich habe sie als zu selbstverständlich hingenommen, dachte Dr. Werner Hagen, ich habe geglaubt, es genügt zu wissen, daß wir einander lieben, man braucht nicht darüber zu reden, man braucht sich nicht mit dummen Komplimenten und banalen Redensarten dessen immer von neuem zu vergewissern.

Ich habe Angst vor der Romantik gehabt, ich habe den großen Kraftprotz gespielt, der es nicht nötig hat, zu sagen, ich liebe dich, und es auch hin und wieder durch vielleicht unmännliche Aufmerksamkeiten zu beweisen.

Deswegen habe ich sie verloren.

Ich habe Renate verloren, weil ich sie in erster Linie wie einen Kameraden, wie einen Freund, wie einen Bruder behandelt habe und nur in unseren Nächten als eine Frau.

Werner Hagen trank, und er lauschte der Musik, die sie gemeinsam geliebt hatten; die Sinfonie Aus der Neuen Welt, Summertime aus Porgy and Bess, und immer wieder Lovers in the night – Liebende in der Nacht.

Und er dachte mit bitterer Selbstironie daran, wie er sich einmal, als sie gemeinsam den Zarewitsch sahen, über Renate lustig gemacht hatte, die nach seiner Hand griff, als das Lied kam: »Einer wird kommen, dem will ich gehören...«

Er hatte sie verloren, weil er nie um sie geworben hatte.

Hagen schloß die Augen und dachte an das Haus, das oben am Rodderberg entstand.

Sein und Renates Haus – es würde nun leer bleiben, er würde es vermieten lassen, das Lachen einer anderen, fremden Frau, anderer, fremder Kinder würden seine Räume erfüllen.

Werner Hagen hatte das Gefühl, in dieser Nacht um Jahre zu altern.

Vielleicht wurde er aber auch dabei ein klein wenig weiser?

Renate lag in dem Bett des Fremdenzimmers, das Leonie rasch für sie hatte fertigmachen lassen.

Auch Renate konnte nicht schlafen.

Auch sie sah auf der dunklen Leinwand der Nacht die Bilder ihrer Vergangenheit; sah sich als junges Mädchen, das auf den ersten Kuß wartete – im Garten ihres Elternhauses. Werner kam von einem Studienaufenthalt in England zurück. Der erste Kuß – sie zitterte in Werners Umarmung, und er fragte nur mit seinem Lachen: Ist dir kalt? Da fror sie.

Der erste Kuß und die erste Nacht mit ihm – es waren nie eingestandene Enttäuschungen.

Werner liebt mich – ich liebe Werner, das hatte sie immer geglaubt. Hatte es geglaubt, weil es von Anfang an vorherbestimmt schien.

Sie hatte nie einen anderen Mann gekannt. Sie war nie verliebt gewesen, hatte nie das seltsam schwere Glücksgefühl einfach beim Anblick eines anderen Menschen empfunden – bis Leandros kam.

Und auch da hatte sie es nicht wahrhaben wollen, hatte sich dagegen gewehrt.

Sie hatte geglaubt, es sei Mitleid, das sie für den dunklen, schwermütigen Mann empfand – der zum zweiten Male seine Frau durch einen Unglücksfall verlor.

Hatte auch gedacht, insgeheim und nie eingestanden: Wie sollte ich mich jemals mit der goldenen, zärtlichen Maiyong messen – auch wenn sie tot ist?

Sie hatte Angst gehabt vor diesen unbekannten, kaum zu erklärenden Gefühlen, hatte gefürchtet, sich selbst zu verlieren.

Auch jetzt hat sie noch Angst.

Es ist Nacht, immer noch die Nacht, in der sie Pepita wiedergefunden haben.

Und Renate weiß, sie wird so lange bei dem Kind bleiben, wie es sie braucht.

Renate weiß, sie wird darin nicht versagen, darf nicht versagen, denn da ist zum erstenmal in ihrem Leben ein Mensch, ein kleines Mädchen, das sie braucht.

Aber was geschieht, wenn Leandros zurückkommt?

Und er kommt morgen schon zurück. Ganz früh. Er wird da sein, wenn sie aufwacht –

Aufwacht? Renate kann gar nicht schlafen, liegt ruhelos.

Sie steht auf, tritt an den Spiegel, betrachtet ihr Gesicht wie das einer Fremden.

Sie ist nicht schön, ganz gewiß nicht schön genug für Leandros.

Das glatte blonde Haar, die großen grauen Augen, die glatte Haut – da ist nichts Aufregendes, nichts Kapriziöses, nichts Pikantes in ihrem Gesicht.

Ihr Mund zittert – rasch flüchtet sie ins Bett zurück. Will nicht weinen und weint doch.

Ist von dieser tiefen angstvollen Erwartung erfüllt.

Was wird morgen sein?

Leonie kam um acht Uhr mit einer Tasse heißem, starkem, honiggesüßtem Tee.

»Sie sind schon auf?« fragte sie verwundert.

Renate lächelte nur und erhob sich aus dem mit hellgrünem Chintz überzogenen Sessel.

»Haben Sie wenigstens gut geschlafen? Nein?« Leonie betrachtete sie kritisch.

»Doch, Leonie, doch, doch«, sagte Renate rasch.

Aber sie sah im Spiegel ihre dunklen Augen, sah die Wangen von transparenter Blässe; sie hatte vorher ein wenig Rouge aufgelegt und es sofort wieder abgewischt, denn zu scharf hob es sich auf den Wangenknochen ab.

»Der Herr ist schon unten und Pepita auch«, sagte Leonie. »Sie erwarten Sie ungeduldig zum Frühstück.«

»Leonie – ist es Ihnen denn auch wirklich recht, wenn ich für eine Zeitlang – bei Pepita bleibe?«

»Mir recht – aber Fräulein Renate!« Das grobe, harte Gesicht wurde unter dem Lächeln ganz weich. Leonie ergriff fest Renates Hände. »Das Kind braucht eine Mutter wie Sie. Sehen Sie, ich war immer nur der Hausdrachen, immer nur der Hausbesen – Sie verstehen, was ich meine?«

Ja, ich verstehe es, dachte Renate, aber sie konnte nur nicken.

»Ich bete, daß das Kind und der Herr endlich glücklich werden – mit Ihnen«, fügte Leonie hinzu.

»Ich glaube, ich werde mal hinuntergehen«, murmelte Renate.

»Ja, tun Sie das – ich räum' derweil hier auf.« Leonie ließ ihre Hände los.

»Aber das kann ich doch selbst tun!« sagte Renate.

»Nichts da, heute ist ein Feiertag!« sagte Leonie wieder in ihrem barschen Ton.

Aber ganz weich und wenn auch kaum hörbar für Renate fügte sie noch hinzu: »Viel Glück.«

Hell strömte die Sonne durch die Fenster des Salons, fing sich in den gelben Seidentapeten; das Zimmer schien von einer schillernden Wolke des Lichts erfüllt.

Dunkel wirkte dagegen Leandros' schmales, übernächtiges Gesicht, dunkel und – Renate erkannte es mit einem heißen Stolperschlag ihres Herzens – abweisend.

Aber Pepita kam ihr mit der ihr angeborenen Lebhaftigkeit entgegengesprungen, rief lachend: »Guten Morgen, guten Morgen! Vati hat schon mit mir geschimpft! Du brauchst es nicht mehr zu tun. Renate, Renate, ich hab' die ganze Nacht von dir geträumt.«

Renate fing das Kind in ihren Armen auf.

Über Pepitas Kopf hinweg blickte sie Leandros an. Wartete auf ein Wort, wartete auf irgend etwas, das diesem Morgen die Verheißung zurückgeben sollte, die sie während der ganzen vergangenen Nacht ersehnt hatte.

Leandros trat auf Renate zu, sie ließ Pepita los. Das Kind begriff sofort, glitt zur Seite aus dem Weg.

Leandros nahm Renates Hand, hob sie an seine Lippen.

»Ich weiß nicht, wie ich Ihnen danken soll«, sagte er – aber es klang flach und ausdruckslos, und seine Augen wichen ihr aus.

10

Stefan Leandros vermied es, Renate anzusehen. Er wandte sich nahezu abrupt ab, sagte beinahe unfreundlich: »Wir müssen frühstücken, Pepita.«

Das Kind war mit einemmal blaß, auch dies sah er und hätte sich nichts sehnlicher gewünscht, als seine Stimmung besser kontrollieren zu können.

Aber er war so verkrampft, so nervös – und er dachte, es ist ja auch nur natürlich. Ich habe mir Renate nicht als Erzieherin meiner Tochter gewünscht. Ich habe mir gewünscht, sie möge mir als Frau begegnen, wenn die Zeit der Trauer um Maiyong vorbei ist.

Ich habe mir gewünscht, die Liebe möge mir mit ihr begegnen – und nicht, daß uns dieses seltsame Verhältnis aufgezwungen würde, das Pepita durch ihr Verschwinden heraufbeschworen hat.

Sie nahmen das Frühstück schweigend ein.

Pepita rutschte unruhig auf ihrem Stuhl hin und her. Einmal machte sie Renate auf ein Eichelhäherpaar aufmerksam, das draußen im Park von der Spitze einer hohen Tanne aufstrich; aber es blieb nur der klägliche Versuch, ein Gespräch in Gang zu bringen, das keiner von ihnen wollte.

Renate ergriff schließlich nach dem Frühstück die Initiative. »Pepita, würdest du deinen Vater und mich für einen Moment allein lassen?« bat sie ruhig.

Das Kind starrte sie mit plötzlich angstvollen Augen an. »Warum denn? Es geht doch um mich, was ihr zu besprechen habt, oder? Warum darf ich das nicht hören?«

»Tu, was Renate dir sagt«, bat Leandros und konnte Renate immer noch nicht ansehen. »Oder willst du ihr gleich heute schon ungehorsam sein?«

»Nein, oh, nein!« Pepita drückte einen festen Kuß auf Renates Wange. Blieb noch bei ihrem Vater stehen. »Ruft ihr mich dann, wenn ihr alles besprochen habt?«

»Wir rufen dich«, versprach er.

»Möchten Sie rauchen?« fragte er, als er mit Renate allein war.

»Ja, bitte.«

Er sah, daß ihre Hand, die nach der Zigarette griff, ein wenig zitterte.

»Ich danke Ihnen wirklich für alles, was Sie für meine Tochter getan haben«, sagte er noch einmal, aber es klang immer noch flach und falsch.

»Pepita befand sich in einer Krise«, sagte Renate. »Sie suchte verzweifelt nach Aufmerksamkeit und Geborgenheit.«

»Ich weiß – denn genau das sind die Dinge, die ich ihr so selten habe geben können«, antwortete Leandros.

Zum erstenmal sahen sie sich voll an, und da fiel ihm plötzlich das Sprechen leicht, da war es, als nähmen die grauen ruhigen Augen Renates das Siegel von seinen Lippen.

»Da war meine Arbeit«, sagte er, »immer kam meine Arbeit zuerst, die Tourneen und die Proben, und die Verhandlungen mit meinem Agenten. Und dann die wechselnden Frauen in meinem Leben.« Er lächelte flüchtig, um Entschuldigung bittend. »Manchmal waren sie keine besonders gute Gesellschaft für meine kleine Tochter, und deswegen schickte ich Pepita dann immer fort. Aber wie soll es weitergehen? Was soll nun geschehen? Ich kann doch nicht verlangen, daß Sie bei Pepita bleiben. Ich kann nicht einmal verlangen, Renate, daß Sie bei mir bleiben...« Die letzten Worte kamen kaum hörbar.

Und da Renate nichts sagte, fuhr er fort: »Sie sind verlobt, Renate. Sie werden bald heiraten... dann wird Pepita wieder allein sein.«

»Ich werde nicht heiraten«, sagte sie.

Er starrte sie an, glaubte seinen Ohren nicht trauen zu dürfen. »Renate«, flüsterte er, »wissen Sie, was Sie da gesagt haben?«

Das Lächeln zitterte in ihren Mundwinkeln, sie nickte nur.

»Aber Sie können doch nicht meinen – «

Renate war aufgestanden, ans Fenster getreten. Er sah ihre schlanke Gestalt, hell vor dem hellen, von Sonnenschein erfüllten Fenster.

»Ich kenne Werner Hagen seit meiner Kindheit«, sagte sie, »es war – einfach vorherbestimmt, daß wir heiraten sollten. Ich dachte lange – daß es das richtige sei. Heute weiß ich, ich würde ihm Unrecht tun, wenn ich ihn heiratete.«

»Renate.« Leandros war aufgestanden und hinter sie getreten. Sanft legte er seine Hände um ihre Schultern, sanft drehte er sie zu sich herum.

»Hat das etwas mit – uns zu tun?« Zum erstenmal benutzte er dieses sie verbindende Wort, und wie als Antwort sah er es hell in ihren Augen aufleuchten. »Bitte, antworten Sie mir ...«

»Ja«, flüsterte sie.

»Renate, ist das wirklich wahr? Ist es nicht nur wegen Pepita? Ist es nicht nur, weil Sie glauben, das Kind brauche Sie?«

»Nein, es ist nicht nur wegen Pepita«, antwortete sie, und in ihren Augen las er noch mehr, las diese Scheu, die ihn selbst erfüllte und die der Vorbote eines Gefühls ist, das zu groß ist, um in simple Worte gefaßt zu werden.

»Könnten Sie sich vorstellen, für immer bei uns zu bleiben?« fragte er beinahe atemlos.

»Ja, Stefan Leandros«, sagte sie. »Ja, das glaube ich, wenn auch Sie es wollen.«

»Ob ich es will? Natürlich will ich es!« Aber dann fiel es wie schwarze Spinnweben über das heiße Glücksgefühl, das ihn wie eine Flamme sekundenlang erfüllt hatte.

Er dachte an die Untersuchung in Paris. Er dachte an die Gewebeprobe, die man der kleinen Geschwulst in seinem Hals entnommen hatte. Er dachte an das noch ausstehende Ergebnis der Untersuchung.

»Renate«, seine Stimme klang plötzlich rauh und heiser, »Sie müssen noch mit mir Geduld haben. Noch ein paar Wochen Geduld. Wollen Sie so lange hier bei Pepita bleiben? Wollen Sie geduldig sein, auch wenn ich Ihnen jetzt nicht erklären kann, warum ich dies von Ihnen erbitte?«

Er konnte nicht wissen, was sie dachte, er konnte nicht wissen, daß ihr ja gar keine andere Wahl blieb. Sie hatte ihn vom ersten Augenblick an, als sie ihn sah, geliebt. Was blieb ihr jetzt noch anderes übrig als geduldig zu warten und zu hoffen, daß auch er sie lieben möge?

»Ja, ich bleibe bei Pepita, ja, ich werde es tun«, sagte sie leise.

Der Frühling kam mit leuchtendblauen Tagen, die sich wie Perlen aus Lapislazuli aneinanderreihten.

Ein Tag schöner, verheißungsvoller als der andere – doch für Dr. Werner Hagen hätte es genausogut schärfster Winter oder regnerischer Herbst sein können.

Er ging durch die Tage wie ein Blinder – oder besser gesagt, wie ein Einäugiger, der nur seine Arbeit in der Klinik sah.

Er war mit Renate in einem kurzen und leider heftigen Gespräch übereingekommen, daß sie vorläufig nicht in den Dienst in der Klinik zurückkehrte.

Aber er hatte bisher keinen Ersatz für sie gefunden.

Und so ruhte die ganze Last der Verantwortung auf ihm.

Alle in der Klinik bemerkten es mit Besorgnis, daß er verschlossener wurde, karger umging mit seinem früher so liebenswürdig gelassenen Lächeln, daß sich immer mehr die Zeichen von Überarbeitung bei ihm bemerkbar machten; er reagierte oft nervös, nahm ab, wurde hager, sah plötzlich wesentlich älter aus als seine dreißig Jahre.

Besonders Schwester Lisbeth bemerkte es, und sie wünschte sich sehnlichst und doch so hilflos, ihm helfen zu können.

Aber wie? Wie durfte sie es wagen, ihn auf seine persönlichen Schwierigkeiten anzusprechen?

Sie, die kleine Schwester, den großen Arzt?

Doch dann kam ein Abend, der alles ändern sollte.

Werner Hagen hatte drei große Operationen an diesem Tag gehabt. Aber er wollte nicht nach Hause gehen, um sich wenigstens ein paar Stunden auszuruhen.

Schwester Lisbeth ging selbst in die Klinikküche, brühte Kaffee auf, heiß und stark, machte ein paar Toastsandwiches zurecht, trug sie hinauf in Hagens Ordination.

Sie fand ihn schlafend hinter seinem Schreibtisch. Er hatte den Kopf auf die angewinkelten Arme gelegt, und selbst im Schlaf zeigte sein Gesicht noch den Ausdruck tiefer Trauer und Resignation.

Sekundenlang zögerte Lisbeth, ihn zu wecken.

Aber dann streckte sie doch die Hand aus, berührte ihn sanft an der Schulter.

»Werner«, flüsterte sie und wußte nicht einmal, daß sie ihn beim Vornamen nannte, »Werner, wach doch auf.«

Sein Mund entspannte sich, es glitt wie ein Lächeln um seine geschlossenen Augen.

»Renate«, flüsterte er fragend.

»Nein, ich bin's«, sagte Schwester Lisbeth und hörte selbst den hellen Ton der Hilflosigkeit in ihrer Stimme. »Ich bin's nur, Lisbeth!«

Da erwachte er, richtete sich mit einem Ruck auf.

Er starrte sie an aus den rotgeäderten Augen, die von zuviel Arbeit und viel zuwenig Schlaf zeugten.

»Ich habe Ihnen Kaffee gemacht und Toastsandwiches, und ich wünschte, Sie würden endlich aufhören, an das Fräulein Doktor zu denken!« Erst als sie es ausgesprochen, wurde Lisbeth bewußt, was sie getan. Ihre Hand fuhr zum Mund, als könne sie die Worte zurückholen und ungeschehen machen.

»Aber Lisbeth!« Da war blankes Erstaunen in Werner Hagens Blick. »Was reden Sie denn da?«

Ach, es sich nur einmal wirklich von der Seele reden, einmal wirklich ihm klarmachen, wieviel Anlaß zur Sorge er gab.

»Ja, es ist wahr«, sagte sie und mußte doch all ihren Mut zusammennehmen. »Sie machen sich kaputt, weil Sie immer noch an das Fräulein Doktor denken. Weil Sie immer noch hoffen und glauben, daß sie eines Tages reumütig zurückkommt. Aber sie kommt nicht zurück, und das wissen Sie auch ganz genau. Warum also fangen Sie nicht endlich neu zu leben an?«

»Aber, Lisbeth«, murmelte er beinahe verstört, »Lisbeth, was ist denn nur in Sie gefahren.«

»Damit Sie's nur wissen«, fuhr sie fort. »Wir haben Sie hier alle gern, aber ich hab' Sie am liebsten, und ich komm um vor Sorge, weil Sie sich so quälen, und weil ich weiß, wie sinnlos das ist. Ich hab' mich auch gequält, Ihretwegen, ja, solange ich jetzt hier in der Klinik bin. Ja, und jetzt können Sie mich ruhig entlassen. Ja, Sie können mich ruhig rauswerfen, aber einmal mußte ich es Ihnen sagen. Und noch eines – also, wenn Sie dadurch wenigsten wieder wie früher werden, bin ich schon froh. So, und jetzt trinken Sie Ihren Kaffee und essen Ihre Brote und dann fahren Sie nach Hause und schlafen sich aus. Wenn was Besonderes ist, kann die Nachtschwester Sie ja immer noch rufen!«

Lisbeth wirbelte herum, wollte zur Tür hinaus, ehe sie in Tränen ausbrach, die hinter ihren Augen brannten.

Aber noch vor der Tür hatte Werner sie eingeholt.

Er hielt ihre beiden Arme fest; fest und doch sanft war der Druck seiner Hände.

»Ich bin ein dummer Hund«, sagte er und lachte mit einemmal. »Sie – Sie haben mich gern, und ich laufe trotzdem wie ein Blinder durch die Gegend! Ach, Lisbeth, Sie sind einfach köstlich.«

»Sie brauchen sich nicht über mich lustig zu

machen«, sagte sie zornig, denn jetzt weinte sie doch.

»Aber, Lisbeth, ich mache mich nicht lustig über dich, ganz bestimmt nicht«, seine Stimme klang jetzt ganz weich. »Das ist nur alles so neu und so unverhofft.«

»Ach was, Sie denken, ich bin blöd und eingebildet, daß ich das überhaupt alles gesagt habe. Aber ich – «

»Kein Aber mehr«, sagte er, »für uns beide nicht, hörst du? Deine Augen sind ganz dunkelblau, wenn du weinst, schön ist das.«

»Sie quälen mich!«

»Fällt mir ja nicht im Traum ein! Schwester Lisbeth, Sie sind ab sofort aus dem Klinikdienst entlassen – unter einer Bedingung!«

Sie biß sich auf die Lippen, um das Zittern ihres Mundes zu unterdrücken.

»Sie werden mich heiraten«, sagte er.

»Ich – Sie, ich soll ...«

»Lisbeth«, sagte er so weich und nahm sie endlich in seine Arme. »Wir haben es uns beide scheußlich schwer gemacht in den letzten Wochen, nicht wahr? Ich hatte einfach nicht den Mut, zu glauben, daß du etwas für mich übrig hättest. Nach allem, was mit Renate – «

»Bitte«, unterbrach sie ihn, »bitte, sprich jetzt nicht von ihr.«

»Nein«, sagte er mit einem tiefen Atemzug,

der gleichzeitig der Beginn eines erlösten Lächelns war. »Wir wollen heute abend nur noch von uns sprechen.«

An diesem Abend erhielt Renate den Besuch ihres Vaters.

Sie lebte seit jener Nacht, in der Pepita sich verborgen hatte, in Leandros' Haus.

Sie sorgte für Pepita, wie keine Mutter es besser und zärtlicher hätte tun können.

Und Leonie hatte es auch bereitwillig zugelassen, daß sie die Zügel des großen Haushaltes übernahm.

Manchmal, so wie auch an diesem Abend, bedauerte Renate, nicht mehr in der Klinik zu arbeiten; aber sie wußte, daß es besser so war. Bei allem guten Willen – es hätte dennoch zu Spannungen zwischen ihr und Werner führen müssen.

Aber etwas berührte sie viel mehr. Sie hatte seit drei Wochen keine Nachricht von Stefan Leandros mehr. Sein letzter Brief war aus Antibes gekommen, wo er – wie er schrieb – ein Wochenende bei Freunden war.

Seither hatte er kein Konzert mehr gegeben: die offizielle Pressemitteilung – ausgegeben durch seinen Sekretär – besagte lediglich, daß Leandros aus wichtigen familiären Gründen die geplanten Konzerte in London auf einen späteren Zeitpunkt verschieben müsse.

Familiäre Gründe? Aber weder Leonie noch Renate wußten etwas davon.

Und das Verhältnis zwischen Leandros und Renate war noch zu ungeklärt, als daß sie mit seinem Sekretär hätte über ihn sprechen können, selbst wenn dieser greifbar gewesen wäre; aber er war es nicht, ebensowenig wie Stefan Leandros selbst.

»Du siehst schlecht aus, Renate«, sagte ihr Vater an diesem Abend, während sie sich vor dem flackernden Kaminfeuer im gelben Salon gegenübersaßen. »Du hast Sorgen?«

»Aber keine Spur!« Renate machte eine abwehrende Bewegung mit ihrer ringlosen Hand. »Ich glaube, ich bekomme eine Erkältung, du weißt, daß mich das immer nervös macht.«

»Wo steckt Leandros?« fragte ihr Vater. »Und wann wollt ihr endlich euer seltsames Verhältnis legalisieren?«

»Bitte«, stieß Renate hervor, »du hattest mir versprochen, nicht schon wieder davon anzufangen. Ich bin schließlich eine erwachsene Frau, ich weiß, was ich tue.«

»Und kommst doch keinen Schritt weiter.«

Renate schwieg, sie starrte reglos in die Flammen.

»Was soll ich tun?« fragte sie schließlich tonlos.

»Mit Stefan Leandros reden.«

»Das ist so leicht gesagt – ich weiß ja noch nicht einmal, wo er zur Zeit ist!« Nun war es heraus, sie konnte es nicht mehr zurücknehmen.

Ihr Vater zündete sich umständlich eine seiner tiefdunklen Brasil an.

Renate strich sich nervös über das Haar, sie drehte eine Strähne um ihre Hand.

»So – du weißt also nicht einmal, wo er ist?« fragte ihr Vater langsam. »Leandros macht es sich anscheinend sehr leicht.«

»Aber, Vater – «

Er ließ sich nicht unterbrechen. »Er zerstört deine Verlobung mit Werner, gewinnt dich als kostenlose Erzieherin für seine Tochter und hält es nicht einmal für notwendig, sich wenigstens ein bißchen um dich zu kümmern?«

»Ich bin aus eigenem Entschluß bei Pepita geblieben«, sagte Renate. »Das Kind braucht mich. Nur deshalb. Alles andere ist – nebensächlich.«

»Aber das redest du dir doch nur ein! Ich sehe doch, was mit dir los ist – du bist nur noch ein Schatten deiner selbst. Warum denn – wenn du angeblich so glücklich in deiner neuen Aufgabe bist?«

Renate legte die Hände vors Gesicht, als könne sie so den gequälten Ausdruck ihrer Augen, die Blässe der Wangen verbergen.

Mein Gott, dachte sie, er hat ja recht. Ich liebe Leandros, und ich weiß nicht mehr, wie es weitergehen soll.

»Komm nach Hause zurück«, sagte ihr Vater. »Bring meinetwegen das Kind mit, aber komm nach Hause zurück.«

Sie schüttelte stumm den Kopf.

Da stand ihr Vater auf. »Ich hoffe wirklich, daß du weißt, was du tust«, sagte er ernst. »Wirklich, Renate, das hoffe ich.« Damit ließ er sie allein.

Renate weinte leise und einsam und verzweifelt.

Die Klinik lag am Rande von Genf.

Es war eine teure Privatklinik, spezialisiert auf Hals-Nasen-Ohrenleiden.

Seit drei Wochen beherbergte sie einen sehr prominenten Patienten.

Stefan Leandros.

Er hatte sich einer Operation des Kehlkopfes unterzogen.

Und heute war der Tag, an dem man ihm zum erstenmal erlaubt hatte, wieder zu sprechen.

Seine Stimme klang noch sehr heiser und brüchig – und doch bereitete ihm das Sprechen keine Schmerzen mehr.

Der Professor hatte die Operation selbst

durchgeführt und heute – nach dreiwöchiger weiterer Beobachtung und Behandlung – konnte er zufrieden sein.

Der Professor hielt sich selbst für humorlos, aber heute gelang ihm sogar ein Scherz: »Wenn Sie wollen, mein lieber Leandros, können Sie demnächst eine neue Karriere als Sänger starten. Alles ist in bester Ordnung. Ihr Kehlkopf ist so gut wie neu.«

»Und wann entlassen Sie mich aus der Klinik?«

»Sobald Sie es wünschen.«

Da erst lachte Stefan Leandros. Auch das Lachen klang noch heiser, und auch es tat nicht mehr weh.

»Professor, dann müssen Sie am nächsten Wochenende mein Trauzeuge sein!«

11

Stefan Leandros flog von Genf nach Köln-Wahn. Er hatte Alfons, seinen Sekretär, mit dem Wagen von Genf vorausgeschickt und wurde nun von ihm erwartet.

»Alles klar?« fragte Leandros, als er in den Wagen stieg.

Die Koffer waren verstaut, Alfons ließ den Motor anspringen, fuhr den Wagen aus der Parklücke auf die Straße, ließ ihn schnell an Geschwindigkeit gewinnen.

»Alles klar!« Alfons war kein Mann von großen Worten. »Ihrer Heirat steht nichts im Wege. Die Aufgebotsfrist ist total aufgehoben. Das Bankett bei Ria in Bad Godesberg bestellt. Die kirchliche Trauung kann wie verlangt stattfinden.«

»Und das Hochzeitskleid?« fragte Stefan Leandros.

»Ich habe es soeben bei Antoine abgeholt. Ist im Kofferraum.«

»Wird es auch passen?«

»Natürlich«, sagte Alfons lakonisch.

Seine Hände lagen fest und sicher um das Lenkrad, Hände, auf die man sich verlassen konnte.

»Fragt sich nur, ob die Braut mitzieht«, fügte er noch nachträglich hinzu.

Stefan Leandros schloß die Augen, er lehnte den Kopf gegen das Polster zurück, ein winziger schmerzhafter Stich im Hals erinnerte ihn an die komplizierte Operation, die er vor drei Wochen überstanden hatte. Und dennoch lächelte er.

Leandros fand Renate und Pepita im Garten bei einem Tischtennismatch. Beide in knappen weißen Shorts, die Beine schon von der frühlingswarmen Sonne gebräunt. Minutenlang blieb Leandros im Schatten einer Erlengruppe stehen.

Er betrachtete die Frau, die er liebte, das Kind, das seine Tochter war. Und er empfand mit einer tiefen, glücklichen Dankbarkeit, daß er dem Leben wiedergeschenkt war.

Mit energischen, schnellen Schritten näherte er sich dem Tennistisch.

Pepita hatte gerade die Partie gewonnen und warf jubelnd die Arme in die Luft, tanzte um Renate herum.

»Na, ihr beiden«, sagte Leandros, und da brach Pepitas Lachen ab, stocksteif blieb sie stehen, langsam, unendlich langsam wandte sich Renate zu ihm um. Er sah dieses Leuchten in ihre Augen treten, sah, wie sich der empfindsame Mund zu einem Lächeln formte.

»Vati!« Pepita flog auf ihn zu, er fing sie in seinen Armen auf.

»Stefan«, sagte Renate tonlos, »wir haben Sie ja gar nicht erwartet.«

»Natürlich nicht«, er lächelte, »es sollte ja auch eine Überraschung sein.«

Er drückte Pepita an sich, ließ sie dann los. Er ging auf Renate zu, langsam, Schritt für Schritt – er hob die Hände, und da kam auch sie in seine Arme.

Pepita stand still und rührte sich nicht.

»Wir heiraten übermorgen«, sagte Stefan. »Alles ist schon vorbereitet. Du brauchst nur noch dein Hochzeitskleid anzuprobieren, Renate.«

Sie war glücklich, mein Gott, sie war ja so glücklich.

Sie hätte singen mögen, tanzen und saß doch nur still vor dem Spiegel des Frisiertisches und sah sich an.

Sie trug das Kleid aus cremegelber Seide, glatt und schmal, nur am Saum mit gleichfarbigem Nerz verbrämt.

Sie trug das blonde Haar offen und glatt und keinen Schmuck, nur den breiten weißgoldenen Reif an ihrer linken Hand.

Sie saß da und sah sich im Spiegel, und es war wie in einem Traum.

Es war ihr Hochzeitsmorgen, der Morgen ihrer Trauung mit Stefan Leandros.

Nun wußte sie, wohin sie gehörte, nun wußte sie, daß alle Zweifel ein Ende hatten.

Hinter ihr öffnete sich die Tür. Pepita – auch sie in blasser cremefarbener Seide, ein winziges Spiegelbild Renates, schob sich mit großen, fast ehrfürchtig bewundernden Augen herein.

»Du bist aber schön«, flüsterte sie und berührte sacht Renates Arm, »so schön warst du noch nie. Ich glaube, ich kriege die schönste Mutti von der Welt.«

Und dann – ohne Rücksicht auf Frisur oder Kleid – schlang sie fest ihre Arme um Renates Hals. »Ich hab' dich ganz, ganz doll lieb, und ich bin ganz, ganz doll glücklich heute«, flüsterte sie.

Die Trauung auf dem Standesamt, feierlich und doch so rasch vorbei, die Fahrt zur Kirche und dann das Dröhnen der Orgel und der lange und doch kurze Weg zum Altar, wo der Priester wartete, um die alte und immer wieder neue Formel zu sprechen, die Ehen besiegelt.

Renate erlebte all dies, als wandere sie durch einen Hain voll opalisierender Nebel.

Stefans Hand war ganz heiß, als er die ihre ergriff.

Und Stefans zärtlicher Mund auf ihrem Mund.

Sie war in diesem Augenblick wieder ganz jung, es gab überhaupt keine Vergangenheit mehr, nur die Zukunft an seiner Seite.

An seiner Seite verließ sie die Kirche, bestieg sie den Wagen, der sie zu dem kleinen, nur für die engsten Freunde gegebenen Empfang zum Maternus brachte.

An Stefans Seite – und das Licht der Fotoblitze von Reportern erfüllte wie Wetterleuchten den Raum.

Sie trank Champagner und aß ein köstliches Rebhuhn.

Sie trank Irish Coffee und machte Konversation.

Aber immer, was immer sie auch tat, sie spürte Stefans Augen auf sich ruhen.

Diese dunklen, schwermütigen Augen, die an diesem Tag so glücklich leuchteten.

Und alles, was sie denken konnte, war in beinahe demütiger Dankbarkeit: Er ist mein Mann.

Sie glaubte fest an Pepitas verschwörerisch geraunten Worte: »Ich weiß, mein Vati hat dich ganz doll lieb.«

Und Renate Leandros wußte, sie hatte das Ziel ihrer Sehnsucht erreicht.